——俺は今日、
幼馴染に告白する。
中3記念！
悟郎と一緒に。

小久保《こくぼ》 明菜《あきな》
悟郎と小春の小学生時代からの幼なじみ中学の時に海外に転校してしまったが高校1年の夏に帰国する
杉崎《すぎさき》 小春《こはる》
悟郎の一番の幼なじみで片思いの相手見た目は華奢で小柄な美少女だが明るくサバサバした性格をしている

倉町《くらまち》 真冬《まふゆ》
悟郎の通う高校の生徒会長
何かと悟郎を気に掛けており
生徒会の雑務ついでに
話を振ってくる
大庭《おおば》 千夏《ちか》
悟郎の高校での女友だち
放送部に所属する
情報通であり
悟郎の恋愛相談にも
積極的に介入する

「ねえ、悟郎。次はどこだっけ？」
今日の小春は白のワンピースに小さな小物入れ。
まあ、なんていうか、わかっていたことだが
相変わらずとてもかわいい。

あんたなんかと
付き合えるわけないじゃん！
ムリ！ムリ！大好き！

内堀優一

HJ文庫
723

口絵・本文イラスト　希望つばめ

No! No! No chance!
I love you!

あんたなんかと付き合えるわけないじゃん！ ムリ！ムリ！大好き！

No! No! No chance!
I love you!

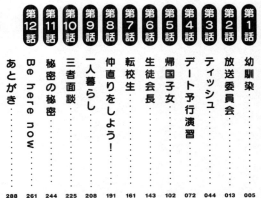

第1話

幼馴染

No! No! No chance! I love you!


心の折れる音を聞いた事があるだろうか？

嵐《あらし》の日の根っこから割《さ》ける倒木《とうぼく》の音？

それとも繊細《せんさい》なガラス細工が砕《くだ》け散《ち》る音？

さてさて、どんな音だろうか？

俺《おれ》はこれからそれを聞く事になるのかもしれない。

つまりこれから何をしようかと言うと……。


「小春《こはる》！　好きだ！　俺と付き合ってはくれないだろうか!!?」

「いや、無理ですから」

「あぎゃああああああああああああっ！」

俺の決意の告白から０・３秒で、その決意は粉みじんに打《う》ち砕かれた。

その場で悶《もだ》えのたうち回る俺を睥睨《へいげい》しながら告白された当人・杉崎《すぎさき》小春は眉間《みけん》にしわを

寄せる。

「なによ。急に神妙《しんみょう》な顔するから、なにごとかと思えば……」

「そりゃ神妙な顔くらいするだろうよ……」

だってこっちは一世一代の告白だったんだ。

軽い気持ちでこんなことを言ったわけじゃない。俺は十年以上温めてきた気持ちを彼女《かのじょ》に伝えたわけで、そりゃもう心臓が口から出るくらいには緊張《きんちょう》していた。

十年以上――という言葉からわかる通り、小春と俺の付き合いは長い。

生まれた年が一緒《いっしょ》で、公団マンションがお隣《となり》同士で、同じ保育園に通い、縁《えん》あって小学校も中学校も同じクラス。

つまりは世間一般《いっぱん》で言うところの幼馴染という間がら。

「小春……な、なぜだ……理由だけでも聞かせてくれたらうれしい」

「気絶寸前の息も絶え絶えの悟郎《ごろう》に、理由を聞かせるのはもはや『とどめを刺《さ》して楽にしてくれ』というニュアンスでOK？」

「断じてNO！」

「だったら理由とか聞かないでよ。それとも傷に塩塗《ぬ》られると喜びに満ち満ちるタイプ？　気持ちわるっ！」

「おまえの想像で一方的に気持ち悪いことにされるのは遺憾《いかん》だ」

「じゃあ、なんで聞きたいの？　それとも……」

小春は艶《なま》めかしくも愁《うれ》いを帯びた笑《え》みを浮《う》かべると、

「あんたに理由を聞くほどの勇気があるのかしら？」

く、くっそおおおおっ！

バカにしやがって！

俺だって男子高校生。いつまでもガキではないのだ！

そこでオメオメと引き下がるほどのグラスハートではない。

「――……今度、体力と精神力に余裕《よゆう》のある時にオブラートに包《つつ》みながらお願いします！」

「はいはい、りょーかい」

これは逃《に》げたのではない！　戦略的撤退《てったい》なのであって、実質的に負けたわけではないのだ。つまり何が言いたいかというと……。

「なに言い訳がましい顔してんの？　言いたいことがあるんなら言えば？」

「な、なにも言ってないだろ！　あと心の中読まないで！」

「わかりやすい顔してるからでしょ」

やれやれと言わんばかりの小春の様子に俺は肩《かた》を落とす。

だってフラれるにしたって、こんなにあっさりなんて思わないじゃん！

まるで小春が俺から告白されるのを知っていたかのようで――……。

「小春、もしかして、俺がおまえのこと好きなの、気づいてた？」

すると小春はさっきあっさり振《ふ》ったことなんてウソだったかのように、耳まで真っ赤にさせて慌《あわ》てだす。

「そ、それは……」

「どうした？　落ち着け」

「落ち着いてるしっ！　それに気づいてないからっ！　バカバカバカ！」

「わ、わかった！　俺がつまらんことを言った。勘弁《かんべん》してくれ」

「ホント、悟郎はデリカシーないし、思ったことすぐ口にするし、口にしなくても顔に出るし……」

ねえ、小春さん……それって俺の気持ちになんてとっくに気づいてたってことじゃないっスか⁇

「あんたのそういうところが……そういうところが……」

目を潤《うる》ませ頬《ほお》を紅潮させながら唇《くちびる》をかむ。

その仕草に俺はごくりと唾《つば》をのんでしまった。

それってもしかして……。

「今の反応はちょっとは期待してもいいという……？」

「ち・が・う・か・らっ！」

あれぇ……もしかして俺は逆方向にとんでもなく恥《は》ずかしい勘違《かんちが》いをしてしまったのでは？　そう思ったら顔から火が出そうなくらい恥ずかしくなってきた！

「す、すまん！　今のは俺の思い上がりだ！」

「べ、別に思い上がりとか、そこまで責めてないから！」

「その優《やさ》しさが今は逆に痛い……」

「だ、だから別に悟郎が……その……好きって言ってくれたことは……すごく……うれしかったし……」

「――え？」

「期待するような顔すんなっ！」

「そそそ、そんなことっ！」

「あんた表情でバレバレだって言ったでしょ！」

あああっ！　しまった！　いま指摘《してき》されたばっかじゃーん！

「とにかく、悟郎の気持ちはうれしいし、そうやって言葉にできるってことには尊敬だってしてるの。それは本当のことだから」

「そ、そっか。なんかそう言ってもらえると、ちょっと気が楽になった。迷惑《めいわく》だったらどうしようという気持ちもあったからな」

「迷惑なわけ……ないじゃない」

目をそらしながら小春はスカートの裾《すそ》をいじる。その姿があまりにかわいらしすぎて、今更《いまさら》ながら俺はドキドキしてしまう。

「ち、ちなみになんだけど、小春の中で今後、俺と付き合うかもしれない確率は……」

「0％！」

わおっ！

言葉に力の入り方が違《ちが》うよ！

0％ってもはや付け入るスキがないじゃないですか……。

「そ、そんなにか？」

「そんなにも何も、悟郎とあたしは付き合えないの。理由を聞いたら、あんたきっと卒倒《そっとう》するから」

「マジで？　告白断られるよりショック受ける？」

「――……たぶん」

「じゃ……じゃあ聞かないでおくわ」

「そうしといて。気が向いたら話すから」

そこから会話は続かなかった。

というよりも二人のいつもの日常に戻《もど》り始めていた。

俺は普段《ふだん》から率先《そっせん》して話す方の人間じゃないし、小春の方は話したい時には話すけどそれ以外はボーッとしたり漫画《まんが》を読んだり好き勝手している。毎日一緒にいるっていうのはそういう感じだ。お互《たが》いがお互いに気を遣《つか》わないし、そのことが不快でもない。

俺と小春はそういう間柄《あいだがら》になっていたのだ。

そんな小春はしばし外の日本晴れの空を眺《なが》めていたかと思うと、ふと何かを思いついたかのように俺に向き直り、そしてこう言った。

「ねえ、悟郎。あんた彼女作りなさいよ」

気持ちいいくらいの晴天の下《もと》、俺のド頭《たま》に霹靂《へきれき》が落ちた。

6月28日(木)

な、なんで悟郎は
あーいうこと言うかなあ！
ダメに決まってんじゃん！
ダメ！　ダメダメダメ！

だって、あたしたち、
学生なんだから！

それに、
あのことだってあるし……

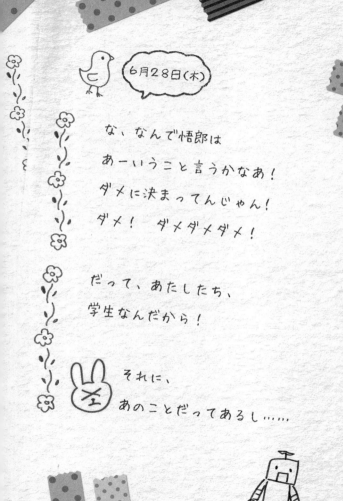

第2話

放送委員会

No! No! No chance! I love you!


放送室の机に肘《ひじ》をつき盛大なる溜息《ためいき》を吐《つ》くなど……。

登校してから昼休みに至《いた》るまで俺はずっとこの調子である。

委員会の仕事である昼放送を終わらせた俺は、教室に帰る気力もなく項垂《うなだ》れる。

その様子を、アナウンスを終えた放送部の大庭千夏《おおばちか》がニヤニヤ覗《のぞ》き込んできた。

「で、どうだったんだい、悟郎《ごろう》君？　例の女子高に通ってる幼馴染ちゃんに告白するって言ってましたわな？」

「……ああ」

「あそこの女子高、制服かわいいんだよねぇ。ってかさ、悟郎君、そろそろ、その幼馴染ちゃんの制服写真を見せておくれよ」

「やだ。おまえ絶対、校内テレビ放送で流すから」

「そーんなことなーいよー」

千夏は三角パックの牛乳をチューチューしながらのほほんと言った。

放送部の彼女とはクラスメイト。

俺が放送委員会で千夏は放送部——なので彼女との関係は、スタッフとアナウンサーと思ってくれればわかりやすい。

まあそれはいいとして……。

「んでんで、告白は結局したのかい？」

「……一応、告白はした」

すると千夏は諸手《もろて》を挙げて奇声《きせい》にも近い声を上げた。

「キョ————ッ！　つ、ついにやりおった！　やりおったぞ！　この男！」

と放送室を駆《か》けまわり、それから目に涙《なみだ》を溜《た》めて、

「よかったですなあ。ついに勇気を出《だ》したんですね」

と涙をぬぐっていた。

どういう訳か、こいつは既《すで》に成功したかのような反応をしていらっしゃる。

「いや、話はここで終わりじゃないんだが……」

千夏は鼻息高らかに机にバンと両手を叩《たた》きつけて迫《せま》る。

「なにさ、なにさ！　まさか、告白後にちゅーしちゃったのですかい？　え？　え？　チューでは飽《あ》き足《た》らず、もみしだいたのですかい？　不潔！　先生、男子が不潔です！」

「おい、やめろ！　誤解するなっ！」

「じゃあ、なんなのですか？　あれでしょ？　『私もスキスキ！　悟郎ちゃん、結婚《けっこん》しよう！』、みたいな展開になったんでしょ？　消し飛べばいいのにっ！」

　大興奮の千夏には申し訳ないが、俺は静かにこう返した。

「そんなことは全くなかったんだ」

「………え？」

　時が止まり空間が凍《こお》りついた。

　千夏のお祭りモードが、瞬時《しゅんじ》にお通夜《つや》モードへと盛り下がっていく。

　お経《きょう》が聞こえてきそうだ。

「なるほど、その気だるげな感じは、昨夜、意気投合した二人が眠《ねむ》るのも忘れて、ほとばしるリビドーに身を任せた結果ではなかったのだね」

「そういうふうに見えてたのか？」

「いつ童貞《どうてい》卒業おめでとうって昼放送で言おうか迷ってたですよ」

「そんなプライベートなこと全校に晒すんじゃねーよ……」

「ふむふむ……なるほど、つまり、慰《なぐさ》めてよ千夏ちゃん、みたいな感じなのですな？　そうか、そうか。悟郎君、フラれちゃいましたか。ククク」

「なんだその含《ふく》み笑《わら》いは？　私がいるじゃない的な慰《なぐさ》めでおっぱいでも触《さわ》らせてくれるのか？」

「硬《かた》いですよ」

「硬いのか……おまえのおっぱい」

「うん。夢を壊《こわ》してごめんですよ。でも形はいいですよ」

「じゃあ……」

「見せませんよ」

「見せないのか」

「見せないのですよ。意外とガードは堅《かた》いのです、わたくしは！」

「そういうふうには見えないのだがな……」

「そう思うのも仕方ないですな。中学の時のあだなは貞操《ていそう》観念ガバガバ子――通称《つうしょう》ドン・ガバ子だったけど、今は『貞操観念《ていそうかんねん》の化身《けしん》』と言っても過言ではないので、これからは一文字取って『貞子《さだこ》』と呼んでください」

「いろんな事を聞きたいけど、取り急ぎ気になって仕方ないのは中学で貞操観念がガバガバであったという事実を固唾《かたず》を呑《の》んで拝聴《はいちょう》したい」

「ただの下ネタ好きですがな」

「くっそ!! その程度《ていど》で、たいそうなあだ名つけやがって！」

期待を裏切られもんどりを打つ俺に、千夏はカラカラ笑った。

「まあ中学生ですから」

「俺はもっと淫乱《いんらん》中学生を想像していたよ！」

「そう思いますよねー」

まったく、けしからんな中学生め……純情な男子高校生の心を弄《もてあそ》びやがって。

とりあえず、ガバ子のことはもういいや。

「話を戻そうじゃないか」

「そうですなぁ。えっと、悟郎君が幼馴染ちゃんとやらにフラれてメソメソ眠れぬ夜を過ごしながら抑《おさ》えきれぬ情欲に勝てずに一晩中握《にぎ》ってた、というところまでは聞きました」

言ってません。

「おいコラっ。ドン・ガバ子」

「君までその名で呼びますか？」

だって完全に下ネタじゃねえですかい？

「そもそも悟郎君が私に恋愛《れんあい》相談するからいけないのですよ」

「俺は一回も千夏に相談しようと思ったことはないのだが？」

入学していきなり俺の恋愛事情に首を突っ込んできたのは千夏である。

いそいそ帰る俺を訝《いぶか》しんだ千夏が、『さては彼女！』と無駄《むだ》な想像力を働かせて根ほり葉ほりして下さったおかげで現在、小春《こはる》と俺の関係に最も詳《くわ》しい女になってしまったのである。

小春は別の学校だし話してもいいか、という心の隙《すき》があったことは否《いな》めない。

「そもそもですよ！」

千夏は拳《こぶし》を聞かせて、顔を寄せる。

「わたくし、悟郎君が幼馴染ちゃんを好きになった最初の理由を聞いてないですよ」

「言う必要ある？」

「あるでしょうよ！　秘密を共有するもの同士、そこはフェアに情報を出し合いましょうよ！」

「俺の情報だけを引き出し続けるおまえからフェアという言葉が出てきたことが驚《おどろ》きだ」

「うはは！　私、秘密ないからね！」

「卑怯《ひきょう》！」

「なんとでも言ってくださりませ！　――でもね、悟郎君」

「な、なんだ？」

急に真剣《しんけん》な声色《こわいろ》になった千夏に俺は背筋をただしてしまう。

「どうして悟郎君が幼馴染ちゃんを好きになったのかわかれば、もしかしたら幼馴染ちゃんが悟郎君と付き合えないと言った理由がわかるかもしれないのですよ」

「長い付き合いの俺にもわからんものを、千夏がわかるわけ……」

「チッチッチッ！　悟郎君」

「なんだよ？」

「近すぎるからわからないこともあるぅ！」

「──うっ」

「同性だからわかることもあるぅっ！」

「──ううっ！」

「相談して損をするとは思えないのですがねぇ」

ニヤニヤ顔の千夏の方がやはり一枚上手。

もはやこれは俺の負けでいい。どうせここだけの話だ。

俺は大きく息を吸うと、ぽつりぽつりと話すことにした。

「あいつとは生まれた頃《ころ》から一緒だったわけだろ」

「そのようですな。運命を感じます、はい」

「でも逆に言えば、兄弟姉妹みたいなもんだから、小さい頃はそこまで意識はしてなかったわけよ」

「ああ……そうなってしまうか。言われてみればそうかもねぇ」

「ただ……小学校の頃さ、小春にやたらとちょっかいかけるクラスメイトが出てきて」

「ははぁん、あれですか？　好きだからイジメちゃう的な」

「まさにそれだよ。あいつ、小春のノート取り上げてみんなの前で読み上げようとしたわけ。万死《ばんし》に値《あたい》するよなっ!!」

「興奮しすぎですよ悟郎君。まあ、気持ちはわからんでもないけど。ははぁん、そこで気づいてしまったのですな？」

「…………まあな」

「幼馴染ちゃんは思いのほかかわいいし、男子からもモテる。いずれ、いけすかねえイケメンに捕《つか》まって弄《もてあそ》ばれて捨てられて傷ついて、うらぶれた場末の吹《ふ》き溜《だ》まりのようなスナックで死んだ魚みたいな目をして生きていく幼馴染ちゃんの未来が目に浮かんでしまったのだねぇ」

「いや、そこまでは目に浮かばなかったけど」

「つまりはあれでしょ？　他のやつらに幼馴染ちゃんを取られるのが嫌《いや》だと思ってしまい、

同時に自分の気持ちに気付いてしまった。いやぁ、ベタァな赤い実弾《はじ》けた感じでわたくし大好物です」

人にこういうのをあけすけに言われると想像以上に恥ずかしいぞ。

「いや、これはあくまできっかけであってだな」

「はいはい、わかってますとも！　それをきっかけに、今まで見ていなかった彼女のいろんな部分が見えてきてしまって、好きな気持ちがどんどん膨《ふく》らんでしまったと」

「………………」

だから言語化しないでほしい……。

くっそ恥ずかしいだろうが！　とはいえ千夏の言っていることは間違《まち》《が》いではないのが悔《くや》しいところ。

実際あの時に小春を異性として意識して、それから時間を積み重ねてきた。

「んでんで？」

「……なんだよ？」

「意識しだした時の話はよーくわかったよ」

「………」

「私が聞きたいのは、恋《こい》に落ちたしゅ・ん・か・ん♡」

こいつ……気が付いてやがった。

あまずっぱい俺の思い出でお茶を濁《にご》して逃げ切《き》ろうと思ってたのに……。

「まあ、それはそのうちってことで……」

「いけずぅ！　いいじゃないですか！　私は悟郎君と幼馴染ちゃんの恋の行方《ゆくえ》が気になって眠れないのですよ！」

「行方も何もフラれたんだから、そこまでだろう」

「なにを諦《あきら》めモードに入ってるのさ！　そこで押《お》すんだよ！　押し倒《たお》すんだよ！」

「押し倒しちゃ不味《まず》かろう」

「そんなことないって。やることやったら責任とってね、みたいな感じになるって！　そのパターンの女が一番メンドーなんだって！　でもまあ、ヤッとけ、ヤッとけ！」

「……やっぱおまえの貞操観念ガバガバじゃないか！」

「ガ、ガバガバじゃないよ！　一般論《いっぱんろん》だよ！」

「どこの一般論だよ」

「YAHO●知恵袋《ちえぶくろ》」

出どころ怪《あや》しすぎの一般論じゃねーか。

「とにかく、ダメだったもんを今さらどうこう言っても……」

「ダメだったって、どうダメだったのさ？」

「どうって？」

「つまり、どうフラれたのさ、ってことですよ。ほら、世の中には顔を赤らめながら視線をそらして、『べ、別にあんたのことなんて好きじゃないんだからね！』っていうパターンもある訳なんだから、そのへん、詳しく！　ちゃんと記事にして校内放送しますよ！」

「しないで！　そんなこと！」

「面白《おもしろ》いって！　ぜったい！」

「俺以外がなっ！」

ツッコむ俺の顔を千夏は訳知り顔でニヤニヤ見つめながら机に肘《ひじ》を突《つ》く。

「んで、まだなんかあったんでしょ？　悟郎君にとって、別の何かが。ただフラれただけなら、もう少し君は痩《や》せ我慢《がまん》して『平気ですけど俺』みたいなの装《よそお》うでしょ！　そうでないということは、ただならぬ別の何かがある訳ですな！　そこんとこ、詳しく！」

やはり鋭《するど》いな、千夏は……。

俺は思わず目を窓の外に向ける。

それを見越《みこ》したかのように、千夏が回り込んでくる。

「さあ！　さあさあっ！」

こうなった千夏は止まらない。

なにがなんでも聞きだすまで食い下がる。

入学してから高々三カ月だが、彼女のそういう性格は理解していた。

「……記事にはするなよ」

「しませんとも！　記事には！」

満面の笑みである。

楽しそうでなによりだよ、まったく。

「いやさ……正直、俺もよくわかんねえんだけどさ……」

「うんうん」

「彼女作れって、言われたんだよ」

すると千夏は一瞬《いっしゅん》理解できなかったのか小首をかしげる。

「……？　誰《だれ》に？」

「小春に」

「告白した直後に？」

「直後に」

千夏は腕《うで》を組むと「むむむ……」と眉間にしわを寄せた。

「彼女って、つまりそれは幼馴染ちゃん以外の女を外で作ってこいと、そういうこと？」

「そういうこと」

「な、なんで⁉」

「俺が聞きてぇ！」

つまるところ、昨日、思いの丈《たけ》を伝えた俺に返ってきた小春の返答は、

――あんたはあたしじゃなくて、別の彼女を作るべき！　あたしも協力してあげるから、頑張《がんば》りなさい！

というありがたいお言葉だった。

「マジかぁ、告白した相手にそれを言われてしまいましたか、悟郎君」

「意味わからんだろ？」

「意味わからんですね。ってかさ、悟郎君はそれで愛《いと》しの幼馴染ちゃんに言われた通り、別の彼女作るのかい？」

「いや、無理だろう」

「ですよねー。なになに、それって、つまり、まだ幼馴染ちゃんのことが好きなの？」

「…………」

「なに視線逸《そ》らしているんだい。いいじゃないのさ。ここには私しかいないのだから、正

直に言っちゃいなよー。どうなんです？　まだ好きなのですか？」

「……そりゃあ……あいつ以外の女なんて考えられねえっていうか……」

「うっひょ〜〜っ！　いいね！　すごくいいよ！　いやぁ、青春してますなぁ」

「おまえ楽しんでいるだろ？」

「そんなことないよ！　むふふん。なるほど、なるほど。あたくし、たいへん堪能《たんのう》いたしました。いやぁ、頑張って欲《ほ》しいですねぇ。皆《みな》さんも、大貫《おおぬき》悟郎君に会いましたら、応援《おうえん》してあげてください。お昼の放送を終わります。ごきげんよう」

マイクのスイッチを切る千夏。

「放送してたんかぁぁぁあっ！」

不肖《ふしょう》、大貫悟郎――この日、個人的な恋愛事情を全校内に晒《さら》される。

クラスに帰ったら、号泣《ごうきゅう》するクラスメイトに胴上《どうあ》げされた。

なんだこれ……。


放課後、俺は週に数回の生徒会役員の仕事に出仕していた。

これは本来の放送委員会の仕事とは別物。

どういうわけか生徒会長直々に雑用の手伝いをするようにと迷惑極《めいわくきわ》まりない立場を仰《おお》せ

つかってしまったのだったりする。

「やあ大貫君。今日は来るのが遅《おそ》かったじゃないか。ボクに愛想《あいそ》をつかしたのかと思ったよ」

そんな生徒会室では、長い黒髪《くろかみ》を揺蕩《たゆた》わせたボクっ娘《こ》が意味あり気に笑みを浮かべる。

なんでか知らんが左目には眼帯《がんたい》をしている。

別にモノモライでも眼病でもないけど付けている。

そんな彼女が鉄パイプの長机に頬杖《ほおづえ》をつきながらそんな顔をすると、古式ゆかしき厨二《ちゅうに》病患者《びょうかんじゃ》かと思うが、この人がやるとそこそこ絵になっちゃうから困る。

倉町真冬《くらまちまふゆ》——現在三年生でこの学校の生徒会長を務めるお方である。

「すいません。教室でクラスメイトと盛り上がってしまって」

「それは昼の放送に関して、ということでいいのかな？」

「お察しの通りですね」

すると真冬先輩《せんぱい》はこれ見よがしに深々とため息を吐《つ》いた。

「まったく君というやつは、どうしてそこまで自分の恋愛ごとを他人に吹聴《ふいちょう》したがるのかな？」

「いやいやいや！　完全に千夏のせいでしょーに！」

「果たしてそうなのかな？」

ニヒルに笑って見せる真冬先輩だけど、どう考えても千夏の策略であることは翻《ひるがえ》らないですからね？

「大貫君、君はあまりこれ以上、杉崎《すぎさき》小春の話題を掘《ほ》り下《さ》げない方が、ボクはいいと思うんだけどな」

「そんなこと言っても、千夏とかが興味持っちゃってるんですから」

「悪意はないのだろうけどもね」

「そこがすごく怖《こわ》い！」

「そういう相談はボクにすれば安心なのだけどね」

「いや、真冬先輩の助言は時々、俺の理解を三段飛ばしで超《こ》えていくので」

するど彼女はやれやれといった調子でオーバーに肩をすくめて見せる。

「君はボクがこんなに親身になっているのに、その好意にはまったく気付いてくれないのだなあ」

そういう真冬先輩だって最初の時、けっこう小春のことといろいろ聞いたくせに……。

「大貫君、藪蛇《やぶへび》という言葉もあるのだから、これ以上掘り起《お》こすととんでもない事実を引っ張り出してしまうこともあると思うよ。忠告までに」

「……うっ」

予言めいた真冬先輩の言葉に、俺は嫌な予感がした。

変に鋭いのだ、この人は。

なのでそれ以上は聞かないことにして、雑務に勤《いそ》しんだのである。

そんな恥《はじ》の上塗《うわぬ》りどころじゃない一日を終えて、約四十五分の電車に揺《ゆ》られ駅を出てから商店街を抜《ぬ》けて、大通りの交差点で信号待ちをしながら花を眺めて、とぼとぼ歩くと広大な敷地《しきち》の公団マンションが見えてくる。

俺の慣れ親しんだ家である。

とはいえ、昨日フラれての今日なのだ。

小春と顔を合わせるのはすごく気まずい。

お隣同士《となりどうし》ってのもあって偶然《ぐうぜん》顔を突き合《あ》わせてしまい、

『お、おう』

『あ……どうも』

みたいな気まずいやり取りとか、考えただけで胃が痛くなる。

いやでも、ここで逃げたら次に会う時にはもっと気まずいんじゃないのか？

むしろ、いま会っておいた方がいいのか？

でもいま会って、どんな会話する？

『お…………おう』

ダメだ――っ！

同じ言葉しか出てこねぇ！　悔しいかな、この手の経験がすくなすぎる！

加えて語彙力《ごいりょく》もなければユーモアもねえ！

さすがに小春はもう帰ってきてる時間だろうか？

一応時計を確認《かくにん》して……って、時計止まってやがるよ、チクショー！

とにかく俺《おれ》はエントランスあたりから、あたかも泥棒《どろぼう》のように周りを警戒《けいかい》しながら自分ちを目指す。一番の難所は玄関前《げんかんまえ》でバッタリというパターンだ。

慎重《しんちょう》に周りを警戒しながら、俺は自宅のドアを開け玄関《げんかん》に滑《すべ》り込むと、自室に駆け込んでようやく胸をなでおろした。

「遅いんですけど」

「俺の緊張感返せよーっ！」

なんちゅーことか⁉

帰宅すると、部屋ではいつものように小春が待っていた。

おふくろも小春来てるなら言ってよーっ！

昨日のことなんてまるでなかったかのように俺の部屋でくつろぐ小春。

俺は恐《おそ》る恐るその場に腰《こし》をかけ言葉を選ぶ。

「おい、小春……おまえ……」

「なによ？」

「気まずくないの？」

ああ、俺に言葉を選ぶスキルなんてなかったぁ！

案《あん》の定《じょう》、小春は、

「……うっ」

と困ったような素振《そぶ》りを見せる。

「すまん、別にへんな意味じゃないんだ。どっちかっていうとさ、告白した俺よりも振った小春の方が気まずいんじゃないかって思って」

だってそうだろ？　フラれる方より、ぜったい振ったやつの方がいろいろ胸の中につかえができるじゃんよ。今まで通りにしようとしてもできなかったり、ギクシャクしちゃうじゃん。

そんな小春はむぅっと頬《ほお》を膨らませて俺を睨《にら》む。

「なによ、じゃあ来ちゃダメなわけ？」

この娘《むすめ》、意外と図太《ずぶと》いのかしらん？

いや俺としては来てほしくないわけがない。さっき想像したようなやり取りにならなかっただけでも、めちゃくちゃ安心してるんだ。

「むしろ来てくれてすげぇうれしいよ！　これで小春と距離《きょり》ができちまったらどうしようって思ってたから」

小春はぽかんとするも、すぐに腕を組むとプイッと横を向いてしまう。

「あんたってさ……そういうとこ、正直よね」

「そ、そうか？」

「……そうよ」

そう言いながらむにゃむにゃする小春の横顔はやっぱ――かわいかった。

あーあ、ホント最高にかわいい幼馴染《おさななじみ》だぜ！

世の中の人はもっと幼馴染を評価すべきじゃね？　アニメとか見てると幼馴染ってだけで負けフラグとか、ちょっと考え直して……俺が負けてるじゃないかぁぁ！

「あんた……ニヤニヤしたり怒《おこ》り出したり頭抱《かか》えたり、ホント見てて飽きないわよね」

「褒《ほ》められてると思っとく」

「そして徹底的《てっていてき》に前向きよね」

「それも褒め言葉だな」

「……じゃあ、それでいい」

あれ、小春さん……？

めんどくさくなったの、もしかして……。

「別に面倒《めんどう》になったわけじゃないから、そんな顔すんな！」

「また顔に出てたか……」

「わかるわよ……長い付き合いなんだから」

だよな。生まれてこの方、親よりも一緒《いっしょ》にいた相手。

それが杉崎小春なのだ。お互いのいいところも悪いところも、恥ずかしいことも嬉《うれ》しいことも辛《つら》いことも楽しいことも全部を一緒に過ごして共有してきた。

もはや彼女《かのじょ》がいることが当たり前すぎて、逆に小春のいない人生なんて考えられない。

だからこそ意を決したわけなのだけどな……。

そんな俺の考えていることが、またしても顔に出てしまったのか、小春はむずがゆいような表情で俺を盗《ぬす》み見る。

「……まあ、あんたの言いたいことくらいわかるけど」

「だよな」

「やっぱ、昨日のあたしが言ったこと……気にしてる？」

俺は頭をかいて、それから肩《かた》をすくめてみせる。

「まぁな」

気にしてない、なんて強がりを言っても意味がない。

今日も一日、ずっとそのことばかり考えていた。

小春がどういうつもりで、あんなことを言ったのか？

つまりは俺に別の彼女を作れ――って例の話だ。正直なところ、フラれたこと以上にそっちが衝撃的《しょうげきてき》だったのも事実。

だってさ、生まれて初めて小春の言っていることの意味がわからなくなったんだから。

そんな俺の心中を察したように小春はぽつりと言う。

「ごめんね。困らせたかったわけじゃないの」

「ああ、それはわかってる」

「……そっか」

とは言えだ。問題は別のところにもある。

「そもそも他に彼女を作れるようなモテ男ではないのだが？」

「で、でもほら！　えっと……クラスに仲がいい娘《こ》がいるって悟郎、言ってたでしょ！」

それはきっと、大庭千夏のことだろうな……。

「まあ千夏とは仲いいけど……」

「むぅ！」

明らかに不機嫌《ふきげん》になりやがったぞ！

「なぜそこでむくれる⁉」

「むくれてないし！」

言ってることと態度が全く逆だけど、そのむくれ顔もかわいい！

でもまあ、ここはちゃんと言って聞かせなきゃな。

「おい、いいか？　千夏と仲がいいってのは、あくまで友達としてだからな」

「そんなの誰だって最初は友達からでしょ」

たしかに仰《おっしゃ》る通りだ。目からウロコだわ。

「そもそも千夏は俺とだけ特別仲がいいというわけじゃないぞ。あいつの場合は、誰とでも仲良くなれるというタイプだ」

「でも同じ放送委員でしょ⁉」

「俺は放送委員。千夏は放送部。全然違《ちが》うぞ」

「でもお昼の放送はいつも一緒でしょっ⁉」

「一緒だけど、それは委員長と放送部長の間での取り決めで……」

「馬が合ってるから、そういう取り決めになったんでしょっ⁉」

「おまえ、なぜそんなに語気が強い？」

「別に強くないしっ！」

はっ！　今の文脈から、俺は確信してしまった。

そうか……そういうことだったのか！

小春！　おまえの言いたいことがわかったぜ‼

「小春。おまえ、さては千夏に嫉妬《しっと》――」

「違うからっ‼」

はい違いました。勘違《かんちが》いでした。

なにその全力な返し？　なに必死になってんの？　頬《ほお》染めながら目をそらすとか、そういう塩梅《あんばい》にはならなかったの？　言うこと聞かなければぶん殴《なぐ》る、みたいなスタンスで脅《おど》さないでよ……ぐすん。

小春はハッと我に返ると、咳《せき》ばらいをしながら座《すわ》りなおす。

「……とにかく全然違うから。嫉妬とかじゃないから」

「うん、わかった。それでいい」

「で、その娘とは結局オトモダチでいようね、的な感じなわけ？」

「まあそんなところだよ」

「踏《ふ》み込んだ話とかしたりしないの？」

「踏み込んだ……う～ん、おっぱいがいい形してるとか――ウェイウェイウェイ！　待つんだ小春！　グーで振《ふ》り上《あ》げた拳を一度下におろして深呼吸してっ！」

「何あんた⁉　クラスメイトをそういう目で見てるわけ⁉」

「違う！　そういう砕《くだ》けた話ができるくらいには仲がいいけど特別な間柄《あいだがら》ではないと、そう言いたかっただけ」

するとすると小春さん、腕を組んで「う～ん」と唸《うな》ったかと思うと、怒りをフツフツと浮《う》かべ、すぐさま首をブンブン振って、それから何か言い聞かせるように「うんうん」とうなずいて、こっちに向き直る。

「悟郎」

「……はい」

「マジメな話、その千夏って娘とは発展する感じは全くないのね？」

「普通《ふつう》に考えるとたぶんないと思うな」

「なんでよ？」

「だって、あいつ部活動で手一杯《ていっぱい》みたいだし、何より本人が恋愛してる場合じゃないって公言してるんだから」

「そんなのわからないじゃない。そういう一直線タイプは押しに弱いのよ。押して押して、そのまま押し倒しちゃえば、急に女に目覚めるのよ！　急に雌《めす》の顔しだすのよ！　でもそういうタイプが一番メンドーだから気を付けた方がいいわね！」

そんな話、昼にも聞いた気がする……。

「あのなあ、特に好意を持っている訳でもないのに押し倒しちゃ不味《まず》いだろう」

「そ、それはそうだけど……でも、いい娘《こ》なんでしょ？」

「まあ、性格は明るいし、クラスでも分け隔《へだ》てなく人と接することのできるタイプだな」

「いいじゃない！　誰にでも笑顔《えがお》を振りまく彼女《わ》が、夜はこんな顔をするんだぜ、みたいな男性的満足感を満たしてくれるよ！」

「やめてくれよ、そのエロ漫画《まんが》みたいな煽《あお》り！」

「ダメなの？　その大庭千夏って娘《こ》じゃ」

「ダメっていうか……」

俺はちょっと考えて、話を整理する事にした。

「そもそも、どうして俺が彼女を作らなけりゃいけないんだよ？」

するると小春は急に困ったような顔をした。

普段《ふだん》が強気なだけに、こういう気弱な顔が思いのほかグッとくる。

「だ、だから……それは……えっと……」

「俺は小春がいい訳なのだが」

「〜〜〜！」

小春は途端《とたん》に顔を真っ赤にしながら口許《くちもと》をむにゃむにゃさせた。

「バ、バカ！　なんでそういうことを恥《は》ずかしげもなく言うの！」

昨日恥ずかしさのピークを迎《むか》え、本日公開処刑《しょけい》をされた俺に、恥の概念《がいねん》は消え去っているのだぜ！

とはいえ、小春がここまで激推しするのには、なんかしら理由があるんだと思う。

だから真っ向から否定ばかりするのもよくない。

なにより俺の好きな小春からのたっての進言だ。無下にするのも憚《はばか》られる。

「小春がそこまで俺に別の彼女を作って欲しい、というのなら俺も真剣に考える」

「ホント!?」

「だが、ちゃんとした理由は知っておきたい。そこまで小春が俺に恋人《こいびと》づくりを強要する理由をな！」

「別に強要なんてしてないでしょ！」

「では仮に強要ではないとしてだ。なんでそこまでして俺に彼女を作ってほしい？」

すると小春は部屋の隅《すみ》っこに目を移して目を眇《すが》める。

それからぶつぶつ口の中で何か言ったかと思うと、くるりと俺に背を向ける。

「あのね……」

「おう、なんだ？」

「あたし……実は……彼氏《かれし》ができたの」

「――――そうか。おめぇでぇとぅぅぅ!!」

「なに思いっきり泣いてんのよ！　なんでそんな一瞬でボロボロに泣けるわけ？」

アワアワする小春に、俺は彼女を安心させようと満面の笑《え》みを作った。

「いや小春……俺はおまえを……応援……して……ふぉおおおおおおっ!!」

「ちょっと、ちょっと！　バカじゃないの!?　大号泣することないじゃない！」

「だって……だって……昨日、彼氏いないって言ってたじゃん」

「それは……えっと……だから……言い辛《づら》かったの！」

言い辛いからっておまえ……。

「とにかく、そういうことだから！　あたしに彼氏が出来たんだから、あんたも彼女作りなさい！」

とんでも理論を最後にごり押しされちゃったぜ。

真冬先輩！　やっぱ藪蛇でした！

6月29日(日)

ウソついちゃった……
すぐにバレた……のかな？

う〜ん、ごろうはあれで
なかなかするどい

たぶんバレてるかも

 めっちゃ、ゆーつだ

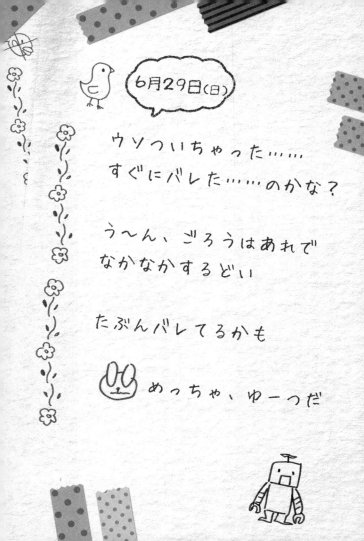

第3話 ティッシュ

No! No!
No chance!
I love you!

時は放課後——場は屋上。

沈《しず》んでゆく夕日を背に、校庭から部活動の声が遠く耳に響《ひび》く。

夕日を見上げるクラスメイトの比嘉久礼人《ひがくれと》と、膝《ひざ》を抱えて石畳《いしだたみ》を見つめる俺。

どちらも沈痛《ちんつう》な面持《おもも》ちである。

「なるほど。そんなことになっていたか……」

久礼人が苦し気につぶやいた。

なにぶん、クラスメイト並びに全校生徒が先日の校内放送で『大貫悟郎《おおぬきごろう》・恋の応援団《おうえんだん》』に就任した現在、こちらが何を言わずとも、あちらから状況確認《じょうきょうかくにん》と諜報《ちょうほう》活動をするという能動的集団へと変容していたのである。

マジでやめて……。

そんな俺は久礼人とともに追及《ついきゅう》の手を掻《か》い潜《くぐ》って屋上へ逃《に》げてきた。

入学以来、腹を割って話せる親友でもある久礼人には、先日の小春《こはる》との一件を話すに至ったのだが、話しているうちに気持ちが沈んじゃったよ……。

久礼人は重々しく息を吐《は》くと、憎々《にくにく》し気《げ》にこう口にした。

「その幼馴染ちゃんには既《すで》に彼氏が出来ていたのか……」

俺は膝を抱えて涙目《なみだめ》で首肯《しゅこう》する事しかできない。

すると久礼人が俺に目を向けた。

「しかし、その幼馴染ちゃんに彼氏がいたからって、おまえに彼女を作れというのはどうしてだ？」

「それは俺が聞きてぇよ！　完全に論理崩壊《ほうかい》してんだろ？」

久礼人はしばし考え、ふむ、と嘆息《たんそく》する。

「ちょっと気になっていることがあるのだが」

「なんだ？」

「悟郎の幼馴染の彼氏というのは、いったい何者だ？」

「俺が知りてえ。知りたくないけど知りてえ」

「文学的ジレンマを感じるぞ」

「そんなくだらないもん感じ取らないでくれ」

そんな久礼人はしばし黙考《もっこう》すると、こう口を開いた。

「俺はどうしてもその幼馴染の言う彼氏が気になるな」

「それは俺だって気になるさ。正直、いつの間にっていう気持ちもある」

「それだ！」

久礼人がビシッと指をさすものだから、俺も思わずうつむき加減の顔を上げた。

「なんだよ」

「いつも一緒にいて、恋心《こいごころ》まで寄せる悟郎が、その幼馴染の変化に気付かなかったというのはおかしいではないか？」

「そうか？　恋は盲目《もうもく》っていうだろ？　俺だって見ているようで、全然見えてなかった、そういうことなんじゃないかと思ってる」

少なからず十六年間、一緒にいた生活の中で小春に彼氏ができたことなんて一度もなかったわけだから、わからないことが出てきて当然と言えば当然なのだ。

だが久礼人は首を横に振る。

「いや、悟郎と幼馴染の間では、もう盲目になるような時期はとっくに終わってるだろう？」

「何を根拠《こんきょ》にそんなことを？」

「昨日のお昼の放送」

やめてえええええ！

そりゃ、いつからの付き合いとか、気になりだした時期とか言いましたけど！

「おまえがその幼馴染を好きになったのは昨日今日って話じゃないのだろう？　もはや、老夫婦《ろうふうふ》の域に入ろうと言うレベルで一緒にいるのだろう？　まさかその状態で盲目な恋《こい》をしているというのなら、むしろその方が稀有《けう》な状況《じょうきょう》だ」

「まあ、それはおっしゃる通り。よっぽどの別の要因でもなければ、俺だって盲目になっているつもりはない」

「だろう！　それなら気づくはずだ！　幼馴染の微妙《びみょう》な変化に！」

「そうかな？」

「当然だ。彼氏じゃないにしても、なんか変わった、というくらいは気づくに決まってる。おまえは自分で思っている以上に、周りをよく見ている！」

「改めてそう言われると照れるな」

「胸を張っていい。そのおまえが気づかないうちに『彼氏ができた』などということがあると思うか？　それはおかしい。つまり、彼氏ができたということそのものが虚偽《きょぎ》なのではないかと俺は思う次第《しだい》だ」

「小春が……ウソを？」

「そうとしか考えられない」

その考えはちょっと希望的過ぎる気もする。

だが俺自身が小春の言葉を頭から信じすぎているのも確かだ。

すると久礼人は真剣《しんけん》な顔で、俺をジッと見る。

「いいか、悟郎、内容を整理するぞ」

「ああ」

「幼馴染は高校に入る直前に彼氏ができた。そうだな?」

「そう聞いた」

「どうやら中学の卒業式に告られたらしい」

「そう言っていた」

「つまり付き合って今は三カ月くらい、ということだ」

「そういうことになるな」

「……おかしい」

「なにが?」

首をひねる久礼人に俺は焦《じ》れた。

「だって、おまえが帰ると、幼馴染はいつも家にいるのだろう?」

「そうだな。俺の部屋でダラダラしている」

「彼氏のできた女が、なんでもない男の部屋でダラダラするか？」

「それは……俺を兄弟とかそんな感じでもう男と認識《にんしき》していない、みたいなことじゃないのか？」

「……では仮にそうしておこう。だとしたら、もう一つ、疑問がある」

「なんだ？」

「放課後、彼氏と会ったりしないのか？」

「……それは……たしかにっ！」

「いつも家にいるんだろ？　部活もやらずに、おまえの部屋でおまえを待っている。それはどう考えても不自然だ。付き合って三カ月と言えば、お互《たが》いのいいところも悪いところも見えてきて、なんとなくいつも一緒にいる時期だろう。もしかしたらベタベタしている可能性だってある。逆に険悪になっているかもしれない。そのどちらにしたって、毎日おまえの部屋でダラダラしているとは考えづらいじゃないか！」

「久礼人、おまえすごいな！」

「褒めてくれ！　称賛《しょうさん》されることは三度の飯より好きだ！　もし仮に間違《まちが》っていたら、俺はこの場で全裸《ぜんら》になってもいい！」

ものすごい自信だ！

「あいつの彼氏ができたという発言は虚偽の可能性があるのか……」

「そうだ、思い出《だ》してみろ。中学の卒業式から彼氏ができたであろう頃《ころ》のことを！」

そう言われて、俺は小春の行動を改めて思い返す。

「卒業式は……あまりこれといった思い出はないな」

「つまりいつもと様子は変わらなかった。『告白された』という話は本当かもしれない。だが、おまえの幼馴染も相手にはしていなかった——そういうことになるんじゃないか？」

「なるほど。確かにそれはあり得る」

「それで？」

「うん。それから春休みに入って……小春がうちに来なくなって」

「……………ん？　なんで？」

「いや、いろいろあったんだろう」

「えっと……いろいろって？」

「それは俺も知らん。いくら幼馴染だからって、あっちにはあっちの都合があるだろ？」

「………そ、そうか。続けてくれ」

「それで高校の入学を控《ひか》えてバタバタする時期に、俺は体調を崩《くず》し——運悪く入院沙汰《ざた》になって」

「おお、なにかイベントくさくなってきたな！　それで⁉」

「そこで小春が毎日お見舞《みま》いに来てくれて」

「いいじゃないか！　そうだよ！　そういうのだよ！」

「長い時間、話に付き合ってくれたり、高校の制服を見せに来てくれたり、とにかくあいつ、俺を励《はげ》まそうとやたら気を遣《つか》ってくれてさ」

「そうだろう！　やはり、そうだろう！　まだ愛は潰《つい》えてない！」

「見舞いには毎日毎日来てくれて……」

「ほら見ろ！　やはり、おまえのことを心配しているじゃないか！」

「でも小春がだんだん疲《つか》れたような顔をするようになって……」

「……え……いや、うん……えっと、それで？」

「俺はちょっと心配になって、いろいろ聞いてみたんだが、そのことについては何も教えてくれなくて」

「…………」

「でも入学を前にしたあたりで、急にあいつは晴れ晴れとしたいつもの小春に戻《もど》ってて、それでああいつもの調子に戻ったと安心したのだが……」

「うわぁぁぁ！　その時じゃん！」

「な、なにっ？」

「その時、彼氏できてんじゃん！　おまえの入院ダシに使われてんじゃん！　看病とかに疲れて、気が弱くなってる幼馴染に完全にすり寄って支えてあげてんじゃん！　やっぱ彼氏できてんじゃん！」

「おいおい！　彼氏はウソだって、さっき久礼人が……」

「いやいや、話違うじゃないか！　悟郎が変化に気付かないって言うから名推理したんじゃん！　変化しまくりじゃん！」

言われて俺は黙考。

「…………マジだ！」

「何今気づきましたみたいな顔してんだ！　鈍感《どんかん》！　ラノベ読んで勉強しなおしてこい！」

「それ鈍感力上がるだろ⁉　それにさ、さっき久礼人が言ったろ？　学校終わって彼氏に会わずにまっすぐ俺んちに来るのはおかしいって」

「幼馴染の通学してる女子高は家に近いのか？」

「自転車なら家から十分だな」

「ちなみにおまえ家どこだっけ？」

「三つ隣《となり》の町」

「……通学時間は？」

「電車で四十五分だから……歩きとか入れてざっくり一時間以上かな」

「なげぇよ！　しかも悟郎、放送委員会と生徒会掛《か》け持《も》ちだろ」

「生徒会は週に数回だし、放送委員だってそんなしょっちゅうじゃ……」

「じゅーぶんだよ！　十分すぎて至《いた》れり尽《つ》くせりだよ」

至れり尽くせりの意味合いの違いにはこの際目をつむろう。

「悟郎。おまえが家帰ってくるまでの間に、十分に幼馴染ちゃんは彼氏といろいろできちゃうよ！」

「か、彼氏といろいろってなんだよ！」

「いろいろだよ！」

「そんなのやだぁ！」

「現実だ、受け止めろ！」

「小春はきっともう俺んちに待機してる！　俺はそう信じてる！」

「希望的観測はやめろ！　現実を見るんだ」

「お断りだね！　小春に彼氏はいない！　おまえがそう言ったじゃないか！　俺は小春に彼氏はいないと言ったおまえを信じる！」

「ご、悟郎……」

久礼人は大きく息を呑《の》むと、軽く洟《はな》を啜《すす》った。

「……すまん。そうだな。俺が言い出したことだ。そう、幼馴染ちゃんに彼氏はいない」

「ああ、その通りだ。ちょっとでも芽生えた希望に、俺は全力ですがっていくつもりだ！」

「よし、では悟郎。この俺の推理を確信的なものにしよう」

「確信的？　どうするんだ？」

「電話だ。そこが外で彼氏といたら絶対に電話には出ない。だが悟郎の部屋にいれば、必ず電話に出る」

「なるほど！　おし、わかった！」

俺はスマホを取り出すと、小春の番号に電話をかけた。

「…………」

「…………」

「…………………………出ないんですけど!?」

「ま、ま、まだあきらめるな悟郎！　案外スマホはマナーモードだと気づきづらい！　メッセージでもラインでもいい！　なんか送って、ちょっと待ってみよう！」

「そうだな！　『すぐ連絡《れんらく》をくれ』、と送ってみる」

俺はさっそくメッセージを書いて小春に送る。

――……10分。

――……20分。

――……30分。

「来ねぇええええええ！　返信来ねえどころか、既読《きどく》もつかねえええええ！」

「悟郎ぉぉぉ！　すまあぁぁぁぁぁぁぁぁぁぁぁぁぁぁんっ！　おまえにとどめを刺《さ》してしまったぁぁぁっ！」

「ちょっとだけ彼氏いない説に期待しちゃったから、余計に辛《つれ》ぇえええええ！」

「全部、俺の責任だぁぁぁ！　脱《ぬ》ぐっ！　約束通り、全裸になるっ！」

「いらねぇえええええええええええっ！」

夕暮れ。屋上。大絶叫……。

青春の一コマを切り取ったかのような光景だけど、違和感《いわかん》があるとすればむせび泣きながら久礼人が脱ぎ始めてることくらいだ。

マジでやめてくれ！

「脱ぐな！　久礼人！　おまえが脱ぐ必要はない！」

「止めるな！　おまえの友人として　約束を違《たが》えるわけにはいかない！」

「そんな約束、俺《おれ》はしていない！」

「俺が全裸を賭《か》けたんだ！　己《おのれ》の頭脳とプライドを全裸に賭けたんだ！」

「なんでよりにもよって全裸に賭けた！」

止める俺。脱ぐ久礼人。

もはや久礼人の装備はブリーフ一枚を残すのみ！

ってか、久礼人、ブリーフ派だったのか……。

「頼《たの》む悟郎！　脱がせてくれ！　おまえのために！」

「誤解生むようなこと大声で言うんじゃねえ！」

「脱ぎたいんだ！　なんだか、だんだんこの状況が楽しくなってきた！」

「おまえ、それ、錯乱《さくらん》してるか変態かの二者択一《にしゃたくいつ》だぞ！」

「両方かもしれん！　俺はもしかしたら何かにクラスチェンジできるかもしれない！」

「はやまるな！　最悪、前科者にクラスダウンだぞ！」

「そんなもの、やってみなきゃわからないじゃないかっ！」

「やらなくてもわかれよっ！」

俺、さっきまでの涙、全部ひっこんじまったよ！

小春に彼氏がいるんだと実感した焦燥《しょうそう》感と切なさが全部ふっとんで、今は全力で久礼人の最終防衛ラインを守ることに必死になっている。

脱がせちゃいけねぇ！　この倫理《りんり》の一枚！

だが、その時、思わぬ方向から不穏極《ふおんきわ》まりない到来《とうらい》者の音が響く。

ガチャリ――。

「やぁやぁ、悟郎君！　ちょっと聞きたいことが……」

大庭《おおば》千夏《ちか》っ⁉

そこには一眼レフカメラを手に呆然《ぼうぜん》とする千夏の姿があったのだ。

おまえがなんでこんなところにぃっ⁉

「どおお！　な、なんと悟郎君に昨日の放送のことを謝《あやま》ろうと教室でみんなに聞いたら比嘉君と屋上にいるって聞いたから来てみれば、これはいったいどういう状況なのだぁぁ⁉」

わかりやすい説明実況《じっきょう》ありがとうっ！　さすがは放送部のエース！

「察するに、悟郎君が全力で比嘉君のパンツを下ろそうとしているけれど、比嘉君がそれに最大限の恥辱《ちじょく》の抵抗《ていこう》をしていると見た！」

「逆だろっ！　どう見ても！」
見りゃわかんじゃん！
俺、パンツ上げてんじゃん！
こいつ、下げてんじゃん！
一目瞭然《りょうぜん》じゃん！
だがこの不退転の攻防《こうぼう》も最後の秋《とき》を迎えようとしていた。
ギチギチ……ブチ……ギチギチ……ブチブチ——。
「ぬおおおおおおおおおおおお！」
ブチブチブチ、ぶるん！
「…………」
ああ……ダメだった。
俺は友人を守ってやることができなかった。
その場の勢いで脱衣《だつい》趣味《しゅみ》に目覚めかけた久礼人が向こう岸に行ってしまった。
倫理のルビコン川を渡《わた》ってしまった……。
弾《はじ》け四散するブリーフ。
それはまさに夕日に舞《ま》い散《ち》る白い天使の羽。

無力にも石畳に頽《くずお》れる俺。

歓喜《かんき》と悪魔的《あくまてき》解放感に咆哮《ほうこう》を上げる久礼人。

パシャ！　パシャ！　パシャ――――。

よくわからないけど、とりあえず一眼レフカメラのシャッターを押《お》しまくる千夏。

夕日の下に晒《さら》された局部はまさに解放されたレジスタンス。

「いやぁ、ちっちゃいねぇ」

そして千夏の心無い言葉の暴力。

だが時に言論の自由の名を借りた暴力は、驕《おご》り高《たか》ぶった野獣《やじゅう》の心を人に戻すのに十分な力を発揮するのである。

「はぁぁんっ⁉　大庭さん、なんでこんなところに⁉」

久《かく》礼人は千夏の存在とシャッター音にいまさらようやく気付き己《おの》が秘伝マシーンを両手で隠す。

ちょっと冷静になったようだ。遅《おせ》ぇよ……。

その後久礼人は服を着るのも忘れ、土下座で千夏にデータの削除《さくじょ》をお願いする異様な光景が展開される事となった。

この日、千夏と久礼人の間に、一カ月にわたる放送部への無料奉仕《ほうし》、という隷属《れいぞく》的な契《けい》約《やく》が調印されたのであった。

それと久礼人のあだ名は、とある部分にティシュの破片《はへん》が付着していたことにより、この日から『ティッシュ』と命名された。

どこにティッシュがついていたかって？

言わせんなよ、恥ずかしい。


「あんたのクラスメイトってバカなの？」

「バカなのかもしれない」

呆《あき》れかえった様子で小春は眉間《みけん》に皺《しわ》を寄せていた。

今日の久礼人――もといティッシュの一件が話題に上り話したところでこの反応。

いや、もうホントにグゥの音もでねえバカであることが確定しました。

ただ、まあ話していた内容については小春には伝えていない。

つまるところの、小春に彼氏いる説、について話していたことは伏《ふ》せている。

まあ、めちゃくちゃな状況にはなってしまったが、それでもあいつの暴走は決して無駄《むだ》ではなかった。

ティッシュの暴走は、少なからず俺を冷静にさせるだけの効果が十分にあった。

あいつ……もしかしてそれを意図して？

さてさて、そこまでは俺にもわからん。でもティッシュが……いや久礼人が友達でいてくれてホントよかったよ。

だって俺、あのままだったら自暴自棄《じぼうじき》になっていたかもしれねえもん。

少なからず冷静になり、こうして小春と正面から話す勇気はもてた。

ありがとう、久礼t……ティッシュ！

そういったわけで、俺は小春の前に座ると、昨日の話題に果断に踏み込んでいく。

「なあ、小春」

「なに……真剣な顔して……」

俺が真剣な顔をする時はろくなことがないせいか小春は身構える。

わるいな。あんまり器用な幼馴染《おさななじみ》じゃなくって。

でもこれだけは伝えておかねば。

「この前の話なんだが……つまり、俺に彼女《かのじょ》を作れって、あれ」

「——……うん」

「あれ、やっぱ今すぐには無理だ」

「……まあ、そうだよね」

そう言った小春に失望の色はない。

「あたしも急に無理言っちゃったと思ってる……ホントごめん」

「いや、謝る必要はない！　小春にだってなんか考えがあったんだろ？」

こくんと小さくうなずき、彼女は小さな掌《てのひら》をギュッと握《にぎ》る。

「でもだな、俺が小春を大好きだというのは変わらない事実なわけで」

「あにゃ……あわ……あわわわわ」

「お、落ち着け小春！」

今や小春は炉心融解《ろしんゆうかい》直前の燃料棒のように真っ赤に染まり口元をわなわなさせる。

「な、なんで平気でそういうこと言うの！　なんで不意打ちで言うの！」

「へ、平気なわけないだろう！　こっちだってガッチガチだ！」

鏡で見たわけじゃないが、俺の状態だって小春と五十歩百歩のはずだ。

「だ、だったら口にしなくったってわかってるし……」

「わかった。今後はあまり口にしないように——」

「……え？」

ちょっとなんでそこで失望した顔すんの⁉

「小春よ。そういうこと言わん方がよかったのか？　それとも……」

「す、好きにすれば！　別に言ってもいいし、言わないことをやめてもいいし！」

——それどっちも同じじゃね？

まあ、小春だって混乱しているのだ。どっちも恥ずかしくてジタバタしてんだから。

とにかくここは話を先に進めなければならない。

「あのな、小春。俺、おまえのこと今でもホント大好きだから、だから彼女作れって急に言われてもやっぱ気持ちがついて行かねえんだわ」

「——……」

小春は上がった体温を下げるように深呼吸をすると、俺の言っていることを理解するようにこくんとうなずく。

「それでも小春が俺に恋人を作れって言うのなら、俺は俺なりに努力はする」

そう答えると、小春は何故《なぜ》か悲しそうな顔をしてうつむいた。

「そ、そう？」

「ああ、そのつもりだ。それでも、さすがに今は折り合いがつかない。すぐってのは無理だ。今までずっと好きだったんだから、今さら急に、ってのはさすがに難しい」

「………は……はずかしいよぅ」

真っ赤になる小春を前に、こっちにまで恥ずかしいのがうつった。

「お、俺だって恥ずかしくない訳じゃないぞ！　ただ、こういう大切な話でウソ吐《つ》いたり、本心を隠したりしてはいけないと思っただけであって……」

「そ、そうだよね。うん、ウソはよくないよね」

「と、とにかく、今すぐなんてのは無理だけど、決して小春の意見を無視するわけじゃないから。だから、少しずつ前進するつもりだ」

「……うん、わかった」

小春はどこか安心したような、それでいて寂《さび》しそうな顔をするのである。

なに？　俺なんかマズいこと言った？

むむむ……わ、わからんぞ女ごころ。

すると小春はギューッと伸《の》びをして、フーッと息をつく。

気持ちが入《い》れ替《か》わるように、その瞳《ひとみ》はそれまでの愁《うれ》いを帯びた様子はない。

「悟郎はすごいね。こんなあたしのわがままに付き合ってくれて」

「いや、それは別にまだ行動したわけじゃないし……」

「ううん、行動しようとしてくれる。それがうれしいだけ。悟郎は昔からそうだった。ずっとずっとあたしが言った無理を、できても、できなくても、必ずやろうとしてくれた」

そうかな。そんな気もするし、別にやりたいようにやってただけって気もするし。

少なからず、小春のわがままを嫌《いや》だと思ったことはない。

毎回文句はたれたけどね。

だから、今もこの小春のわけのわからん注文もどうにかしようと思っている自分がいる。

小春が好きで仕方ないという気持ちと反駁《はんばく》する行動なのにだ。

俺は頭《かぶり》を振《ふ》る。

考えすぎちゃダメだ。こういうことは、考えて行動すると混乱だけが先に立つ。まずは行動あるのみ！

だとすれば、まずやるべきことは？

それは俺の彼女を探すことじゃない。

「小春。俺のことはすぐにはどうにもならないから、ちょっと待ってもらうとして、おまえのことも同等に重要な問題があるんじゃないか？」

「え？　なに？」

まさか自分に矛先《ほこさき》が向くなんてこれっぽっちも考えてなかった小春はきょとんとする。

はいかわいい！

いやいや、幼馴染に見とれている場合ではない。

今日、ティッシュと話していて、俺は小春のある問題点に気付いてしまった。

それはいつも小春が俺んちに来ているということ。特に重要なのは土日もうちに来ていることだ。それってつまり……。

「おまえ、その彼氏《かれし》とはちゃんとしたデートしてるのか？」

「え？　え？　デート？　え、あ、ええっと……」

言《い》い淀《よど》む小春は全力で視線を泳がせちゃうのである。

まったくわかりやすいやつだ。

「なるほど。まだデートもしたことがないと……」

「し、したことくらいあるわよ！　デートでしょ！　あ、あるわよ！」

「嘘《うそ》を吐くな」

「う、嘘じゃないし！」

「おまえの嘘くらい、俺は見抜《みぬ》けるぞ」

「ええ！　ホントに⁉　わかるの？　やっぱわかっちゃうものなの？」

ちょっと驚《おどろ》きすぎじゃないのか？

そりゃ全部は見抜けないぞ。

だって、小春に彼氏がいたことだって全然気が付かなかったし。

「まあ、小春がデートしたことがない、ってくらいは俺にもわかった」

「……そ、そっか」

「だが、まあ、安心してくれ。小春、おまえの恋愛《れんあい》もきっとうまく行くように応援《おうえん》するから！」

「…………」

おやおや？　どうした小春？

何やら彼女は気まずそうにするのである。

「小春、なんかあったか？」

「……別に……なにもないし！」

「まさか、その彼氏とうまく行ってないのか？」

「そんなこと……ない！」

「だったら俺にも協力させてくれ！」

すると小春はしばしモジモジとしながら逡巡《しゅんじゅん》していたが、ようやく呟《つぶや》くように、

「……いいけど」

とためらいがちに言った。よしよし。

「ちなみになんだが、小春の彼氏ってどんなやつなんだ？」

「え、なによ、急に⁉」

「いや、どんな人間かわかれば、いろいろ協力しやすいと思ってな」

「それは……ええっと……だから……」

小春は困ったように視線を漂《ただよ》わせながら、こちらをチラチラと窺《うかが》う。

「えっと、だから……あたしのこと大好きだって言ってくるし、話してて気まずくならないし、一緒《いっしょ》にいて楽だし、でも一緒にいるとドキドキするし……ねえ、なんで泣いてんの⁉　なんで床《ゆか》に突《つ》っ伏《ぷ》して嗚咽《おえつ》を漏《も》らすの⁉」

「ううう！　いい相手なんだね！　ホント！」

「も、もういいでしょ！　とにかく、そういう感じ？　もういい⁉　こっちだって恥《は》ずかしいの！」

「俺も聞いててすごく甘酸《あまず》っぱい気持ちになっているのに、どうして涙が止まらないんだろう……」

「なんでそんなんなるのに聞いちゃうのよ……バカバカバカ！」

はい、バカです。認めます。

俺は制服の袖《そで》で涙をぬぐい、気を取り直す。

「なるほど、いい相手に巡《めぐ》り合《あ》えたようだな」

小春がどこかで嘘をついているのでは、という期待が実はまだ奥底《おくそこ》にあった。

でもまあ、今の聞いていて確信した。

どうやら小春には、ちゃんとお相手がいる。

今語った彼氏の内容には嘘はなさそうだったからな。

「しかし小春。そんな大切にしてくれている相手なのにデートもしていないのか？」

「いいでしょ！」

「デート、してみたいとは思わないのか？」

「そ……それは……」

小春はまだ火照《ほて》ったままの顔で俺の目を見る。

そして――。

「……して……みたい……かも」

そうか！

だったら話は単純だ！

「なら、ちゃんとデートに誘《さそ》うといい。そんなに大切にしてくれている相手なら、きっと拒否《きょひ》したりはしないだろう」

「……でも」

「なにを心配しているんだ？」

「えっと……だから……あたし、デートしたことないし、それにどこ行っていいのか……」

「なるほど！　デートコースか！」

得心したぜ！

任せろ！

最高のデートコースを用意してやるぜ！

7月3日(火)

悟郎のクラス
おもしろそうだなあ
うらやましい

あたしもあっちのがよかった……
こんど、ちょっぴり遊びに行ってみよう!

うん!
行く!決定!

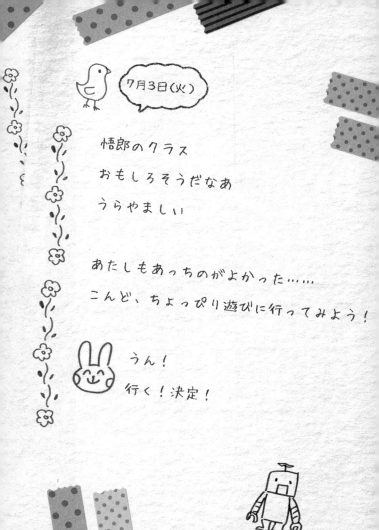

第4話　デート予行演習

No! No! No chance! I love you!


「マイクのスイッチは入ってないな？」

「入ってませんよ～」

先日の赤《あか》っ恥《ぱじ》全校放送での一件があるから俺はたいへん慎重《しんちょう》である。

大庭《おおば》千夏《ちか》の方はいつもながら三角パックの牛乳を飲みながら、機材を拭《ふ》いたりしている。

「いやぁ、悟郎《ごろう》君も物好きだよねぇ」

昨日あった経緯《けいい》を千夏に話すと、彼女はへらへらと笑いながら机に肘《ひじ》を突く。

「にゃるほどねぇ。それでコハルちゃんの恋《こい》も応援することになったと」

「まあな。そこで相談なんだが」

「なんです、なんです？　なんでも聞いて下さいな」

「うん、一般的《いっぱんてき》な高校生がデートするのはどういうところがいいんだ？」

「あーなるほど。まあ、一般的にはどっかカフェに行ってだべったりとかじゃん。大人ぶってよさげな店とか行くのは逆にお互い肩《かた》ひじ張《は》って疲れちゃうでしょ」

千夏の言うことはさすが女子とも言うべきもっともな意見。

少なくとも初デートでそんなに気張って行ったら疲れた思い出ばかりになって、その後長続きできるとは思えない。

「私だったら、それこそファミレスとかの方がいいと思いますなあ」

「ファミレスでいいのか？」

「いいよ。だって楽ちんじゃないですか。お金もかからないし、近場だし。後はファーストフードとか？」

「いわゆるチェーン店でいいのか？　個人店じゃなくて？」

「チェーンの方がいいに決まってるじゃないのさ」

「そうなのか？」

「気楽さ！　大切なのは気楽さなんだよ！」

「き……らく……さ」

せっせと要点をメモしていく俺。授業の時よりも圧倒的《あっとうてき》に頑張《がんば》ってる。

「でもまあ、そういうのだけだとたしかに味気ないから、他にもどっか行った方がいいと思うよ」

「なるほど、いくつか候補があった方がいいな」

「でしょでしょ」

「よし、じゃあなんかしらいくつか考えてみるか……」

「ところで悟郎君がコハルちゃんのデートコースを全部プロデュースすんの？」

「いや、アイデア出しと下見だけだ」

「下見ってもしかしてひとり？」

「いや、小春《こはる》と一緒だけど……」

「そ、それは！」

千夏は雷《かみなり》にでも撃《う》たれたかのように仰《の》け反《ぞ》る。

「悟郎君、一緒に下見って、それ、実質デートじゃないっすか⁉」

「…………………たしかにっ‼」

言われなきゃ気付かなかった！

小春と彼氏のため、と思っていたからそういう考えに至らなかった。

「こ、これはやっぱデートになってしまうのか？」

「いやいや名目はデート下見ですな！　でもさ、でもさ、こういうのを機会に、『お互《たが》い一緒にいると楽しいね』みたいな感じになるじゃないですか！　そのままの勢いで、なんかいい感じになっちゃう事もあるかもしれないじゃないですか！　わたくし、専門書で読んだことありますもの！」

「少女マンガだろ、それ！　でも、マンガみたいな展開期待しちゃってもいいのだろうか？」

「ないとは言い切れないね！　よし、じゃあ、その下見コースは徹底的《てっていてき》にいい感じになれるようにしよう！」

「いい感じっていうと？」

「超《ちょう》ロマンチック街道《かいどう》、夢の乙女《おとめ》ロマンコースを打ち立てるのですよ。なんか二人でいるだけで、気分が乗っちゃって、『あたし今日、なんか変な気分だな。どうしてだろう？　悟郎君と一緒にいると、心がキュンとしちゃうの』って言わせよう！」

「いいのか、略奪愛《りゃくだつ》なんて？」

「いいに決まってんじゃないのさ！　何を聖人君子みたいなこと言っているのだね！　いいかい、悟郎君！　恋は先にゴールした者が勝ちなのですよ！　つまり先にゴールにアレを決めれば勝利なのですよ！　ＮＴＲ！　ＮＴＲ！」

「とんでもねえこと言うんじゃありません！」

「よし、デートコースの最後はラブホだね！　はい、悟郎君、これ一応渡しておくね」

　と千夏が俺の手を握って渡してきたのはゴム製品であった。

「なんでおまえがこういうの持ってんの？」

「保健体育で配るんだよ女子の方は。ホタイは偉大《いだい》ですな」

「いやいやいや！　これはさすがにまずいって！　こんなゴム持ってたら下心丸出《だ》しみたいじゃないか！」

「ばっかも――――ん！」

はね飛ばされました。

「なにを言っているのかね！　それはエチケットだよ！　エッチなエチケットだよ！」

「うまくねえぞ！」

「たいせつなのはいたわりの精神だよ。一生童貞《どうてい》かもしれない、お金を払《はら》わなければ女の人に触《ふ》れる機会なんて絶対訪《おとず》れないかもしれない。それでも財布《さいふ》の中には忍《しの》ばせておく！　それが男の務めじゃないか！」

「そうなのか！」

「そうなのです！　なので、これはちゃんと持っていること。よいですね」

「イエッサー！」

「しかし、最後がラブホなのは決まったけど、それ以外のコースがイマイチですなあ」

あ、ラブホは確定なんですか？

「やっぱりね、そこへ行くまでには、なんかこう、いい雰囲気《ふんいき》になれるお店に行くべきですよ。この際だからフランス料理とか食べてはいかが？」

「さっき肩ひじ張るのは良くないって言ってなかったか？」

「だってゴールは見えてんだよ！　最後はラブホ行くんでしょ！」

「いや待て！　そこ決定にするから、話がヘンな方向に行ってんじゃないの？」

「行かないの？　行きたくないの？　悟郎君はコハルちゃんと、ラブホでイチャイチャしたくないの？」

「…………」

「おっぱい触れるかもしれないんだよ！」

「っ⁉」

「デートの予行演習なんだから、きっと下着は気合入ってるよ！」

「っ‼？」

「そんな姿を見たくないのかい⁉　君の心にチンコは付いているのかい⁉」

「――――っ！」

「さあ、素直《すなお》になってごらんなさいな。恥ずかしいことじゃない。健全なことなのですよ。もっとも繁殖《はんしょく》に適した年齢《ねんれい》の男女なのだから、そういうことを考えない方が不自然。さあ悟郎君。正直に言ってごらんなさい」

「……千夏」

千夏はやさしい瞳でコクリと頷《うなず》く。

「……おっぱいが……触《さわ》りたいです！」

泣いていた。

心の底から、涙《なみだ》を流していた。

これほど、心の叫《さけ》びを素直に口に出せたのはどれくらいぶりだろう。

やましい気持ちではなかった。

いっそすがすがしい、とすら思えるほど、素直で正直な俺の本音だった。

「ということで、悟郎君のラブホまで行けそうなデートコース大募集《だいぼしゅう》です。あて先は校内SNSの掲示板《けいじばん》にバシバシ応募《おうぼ》して下さい！　皆《みな》さんのおたより待ってるぜ！　それではお昼の放送を終わります。ごきげんよう！」

「また放送してたんかいぃぃぃ!!　おまえ、さっきマイク切ったって言ってたじゃん！」

「さっきの段階では、切ってましたよ」

「いつの間に……」

「悟郎君がコハルちゃんの話をし始めてから！」

あの確認《かくにん》の直後じゃねえか！

とんでもねえ事しやがるよ。

前回にもましてひどい校内放送を垂《た》れ流しにしてしまった……。

もちろん、後ほど俺と千夏は職員室に呼び出されてこっぴどく叱《しか》られた。

いや、あれは怒《おこ》られるだろう。

前回のならまだしも、今回のはまずいよね……。


「ボクは感心しないなぁ」

放課後の生徒会室。

今日も今日とて、眼帯装備のこじらせ生徒会長とプリントを十枚にまとめては、ホッチキスでパチンと留めるという地味な作業に従事している。

「そもそも、今日の校内放送は良くないとボクは思っている」

「いやぁ、弁解の余地もございません」

「まあ、生徒たちからの評価はたいへんいいし、何より悪ノリのように聞こえて、実はかなり繊細《せんさい》に気を使った言葉を選んでいる大庭千夏くんには敬意を表したいけどね」

「思いっきり恥ずかしい思いをしましたけどね、主に俺が」

「でも結果的には、たくさんの人が君に協力してくれたろう?」

「……たしかに」

実際、今現在も校内公式SNSには次々にみんなからの書き込みがされている。

「大庭千夏くんの話す言葉には人を惹《ひ》きつける力があると思うよ。他の人が同じような事をやっても、今回と同じ結果が得られたとは思えない」

たしかにそれは同意するところだ。

彼女がああして周知してくれたことで得られたものは多い。

「でもね」

真冬先輩《まふゆせんぱい》は身体《からだ》の関節を変な方向に無理してまげてカッコよさげなポーズでニヤリ。

「ボクは大貫君《おおぬき》は何もしない方がいいと考えている人間なのさ」

そのセリフのために、そのポーズ必要?

「そりゃまあ、他人の恋愛事情を周りが引《ひ》っ掻《か》き回《まわ》すのはよくないと思いますけど、でもみんな基本的に深入りしすぎずにいい距離《きょり》を保ってくれていると思いますよ」

「そうだね、いい距離のようなものを保っている、それは認めよう。でもね、それが問題ってこともあるんだな」

時々真冬先輩の言うことは俺の理解を超《こ》えてしまう時がある。

こんなヘンチクリンな格好で、意味不明のポーズをとったりするけれど学力は校内トップ。その上、おそらくは最高学府への進学が期待されている実力の持ち主でもある。

なので俺《おれ》も彼女の意見を無下にはできないのだな。

「ダメなんですか？」

「ダメって事はない。何が功《こう》を奏《そう》するかなんてわからない。でもね、明らかに君と杉崎《すぎさき》小春の間に関係ない者が、事情もわからずに踏《ふ》み込むのは最適とは言えないとボクは思っているってことさ」

「つまり先輩は俺と小春の問題は、二人で解決しろって言いたいのですか？」

「自分で解決できるのならそうした方がいい。でも無理なら、誰《だれ》かに頼《たよ》ったらいいのさ」

そこで真冬先輩はニヒルな笑《え》みを浮《う》かべ、

「たとえばこのボクとかね！」

ビシッ！

「いやいや……頼ると言ってもですね、真冬先輩に何を頼るんですか？」

「なんだっていいさ。例えば、大庭くんに相談していることを、同等にボクにも相談してくれればいい」

「今回のデートの予行演習のこととかですか？」

「デートの予行は取りやめにすべきだろうね」

「やっぱ先輩に相談するのやだぁぁ！」

「わがままだな君も」

そう言うと真冬先輩は椅子《いす》をずらし、ボクに顔を近づける。

「それがベストだと、君は思わないのかい？」

ちょ……なんですかその距離は……？

「大貫くん。幼馴染も君に次の恋をしろと言ってるのだろう？」

「ええ、まあそうですけど……」

「だったらその忠告を聞いて、新たな恋を始める時とは思わないかい」

ゴクリ……。

真冬先輩の顔が妙《みょう》に近い。彼女が話すと息が当たる。

「……あ、あの……これはどういう……」

「君はどうして一年生にもかかわらず、臨時とはいえ生徒会の執行《しっこう》委員に選ばれたかを考えたことはあるかい？」

「先生からの指示だと聞きましたけど……」

「それも一つある。だが一年生が執行委員になるのは異例中の異例だ。他にも理由があるとは思わないのかい？」

そう言って彼女はニコリと笑みを浮かべる。

その笑顔《えがお》の意味ってどういうことなの⁈

後ずさりしそうになる俺を真冬先輩がさらに追《お》い詰《つ》めると、鼻の頭が当たりそうな距離でささやくように言った。

「杉崎小春の後釜《あとがま》を、ボクにしてみたらどうかな？」

「……そ、それは……つまり」

「そのままの意味さ。他意はないよ」

えっと……だから……真冬先輩が俺の彼女になるという意味なのだろうか？

もともと彼女は生徒会長でありながら、突然執行《とつぜんしっこう》委員になってしまった俺を手取り足取り世話してくれた。

でもだからって、そんないきなりそんなこと言われても……。

「困るって顔だね？　でもいい機会だと思うよ。ボクが杉崎小春の代わりになれば、君も少しは落ち着くだろう？　何より、君の周りの大庭千夏くんもあんなに君のことで大騒《おおさわ》ぎしないで済むじゃないか」

「いやぁ……別の意味で大騒ぎになると思いますけどねぇ」

「そんなことは些細《ささい》なものさ。百人救うために一人を犠牲《ぎせい》にするのと、一人を救うために百人を犠牲にするのなら、ボクは率先《そっせん》して一人を犠牲にするって言ってるだけさ」

「どういう意味ですか?」

「みんなのために、ボクが犠牲になっても構わないってことさ」

……………ちょっと待ってよ。

「――先輩?」

「なんだい?」

「もしかして、千夏のあの放送を止めるために、俺と付き合うと言ってます?」

「おっと意図がバレてしまったか」

「わかりますよ!」

すると真冬先輩は困ったような顔をして笑った。

「いや最近、大庭くんの放送がエスカレートしてきているし、さらにはそれが当たって校内では君と杉崎小春の恋の行方《ゆくえ》にみな興味深々だからね。公序良俗《こうじょりょうぞく》に反する放送を垂れ流しにするのは生徒会として見過ごせないと思ってね」

「だったら、もうちょっと別の方法があるでしょうが!」

「そうかな?」

あれぇ……？　この人、成績はいいのにバカなの⁉

「生徒会権限でモノ申せばいいでしょう？」

「チッチッチッ。大貫くん、マンガやアニメじゃないんだ。生徒会にそんな権限あるわけないだろう？　それとも君は生徒会にすごく力があると思っているのかい？　もしかして世間でよく騒《さわ》がれている……厨二病《ちゅうにびょう》というやつなのか？」

「あんたが言うなぁぁぁぁ！」

くそぉ！　俺のドキドキ返せ！

先輩に弄《もてあそ》ばれちゃったよ、俺！

「はっはっはっ。でもそれは抜《ぬ》きにしても、ボクと付き合うということは悪くないだろ？」

「もう先輩の口車には乗りませんから……」

ぐすん。

ホントこの人、謎《なぞ》が多すぎるんだよ……。

そんな傷心な俺と愉快《ゆかい》そうな生徒会長の耳に校内放送が響《ひび》き渡《わた》った。

『大貫悟郎君、大貫悟郎君！　至急放送室まで来てください。デート場所の情報が出そろいました。ラブホも雰囲気良くてバッチリのところを選んでおいたので走ってきてください』

ああ、千夏だわ。１００パー千夏だわ。間違《まちが》えようもないわ。ってか、こうして放送で耳にして改めて思う。

死ぬほど恥ずかしいぞ、これっ！

「先輩、千夏を止められませんか⁉」

「ボクと付き合えば？」

あっさりそう言ってフフンと笑う真冬先輩はあてにならないので、俺はこれ以上の千夏の暴走を止めるべく放送室に全力疾走《しっそう》したのだった。

「と、まあ、こんな感じなのだが……」

プリントアウトされた書類を机に並べてみせる。

小春は書面の活字に目を落として精読すると、一つ息を吐《は》く。

「あんたにしてはすごいわね。昨日の今日で、こんなに調べてくるなんて」

いや、まあ、これは結果的に校内ＳＮＳに投稿《とうこう》されまくった内容をプリントアウトしただけなので、俺が頑張ったわけではない。

各項目は店の名前が羅列《られつ》してあり、ジャンルごとに一行空けてあるから混同せずにすむ。それに千夏が気を使ってくれたのか、各店の住所と電話番号が記されているので、いざとなればスマホで検索《けんさく》して行く事もできる。

　マジでありがとう、千夏！

「でさ、悟郎。これ店の名前はあるけど、何のお店か書いてないじゃない」

「そうだな……」

　突貫《とっかん》工事で制作したためか、お店のジャンルが抜け落《お》ちているのである。

　まあ、でも店の名前でだいたいわかるからいいんだけど。

「このカラMAXって、カラオケ屋よね」

「そうだな。カラオケはデートコースとしては結構いいみたいだぞ。まあ、俺みたいにあんまり歌を知らないような人間だと、いろいろ大変だが、相手が平気ならスタンダードだそうだ」

「ふ～ん、それからズダバとか、猿田丸《さるたまる》ってこれは喫茶店《きっさてん》よね」

「これも割とみんなよく行くところらしい。まあ、喫茶店でダベッたりするそうだ」

「そっか……でもこっちがわからないんだよねえ」

「どれだ？」

「この、『ジュテーム』とか『ラ・マン』とか『ラブレボリューション』とかいう名前の店は何なの？」

頬《ほお》を汗《あせ》がしたたり落ちる。

名前からしてそこはかとなくいかがわしい雰囲気を醸《かも》し出しているこれは、間違いなくアレに違《ちが》いない。

お昼の放送でさんざん千夏が連呼していたあの施設の可能性しか考えられない。

冷静な頭で考えれば当然だが、言えるわけがねえ！

「さて、何の店かな？　俺にはちょっとよくわからない」

「そうなの？　とりあえず、行くだけ行ってみようか？　ね？」

単純に楽しそうな小春の笑顔が胸に刺《さ》さって痛い。

そこはやめておいた方がいいと思うよ。

絶対にひどい目に遭《あ》うって。

俺がっ！

「よくわからないところには行かなくていいと思うんだけどな、俺は」

「だってあんたのために、みんなが意見出してくれたんでしょ。行かないのは申し訳ないじゃない」

いやぁ、行ったらもっと申し訳ない空気になるんだけど。

「ほら、お店に入らなくってもさ、外から見るだけでもいいでしょ。高級店とかだったら、ゼッタイ無理だしね」

鼻歌混じりなのが怖《こわ》すぎるぜ。

なんかうまいこと回避《かいひ》しなければなるまいて！

「ところで小春、これ全部を回るのは流石《さすが》に無理があるから、この中から、どれかに絞《しぼ》っていこう」

「そうね。そうしましょ」

「えっと、知っているお店とか、行ったことある所は飛ばすか？」

するといろいろと小春はちょっと考えてから、

「う～ん、でも、まあ、一応行ってみてもいいと思うけど、そういうところも。だって、

私が行ったことある所だって、友達と行ったことあるとか、そういう感じだし。男の人と

行ったことはない訳だから」

まあ、予行演習と考えれば行ってみるのもいいのか。

「じゃあ、まあ、この中から良さそうなのを選んでいこう」

という訳で二人でデート（予行演習）の行き先を選び出すのである。

本日小春、終始ご機嫌《きげん》であった。

どうしてなの??

「なるほど、次の日曜日に決行ですね！　了解了解《りょうかいりょうかい》！」

千夏の元気な返答に一抹《いちまつ》の不安が残るなど。

「一応、言っておくけど、尾行《びこう》とかするなよ……」

「うへーい、もちろんですともさ！　おーい、ティッシュくーん！　悟郎君のデートの日が決まったよー！」

「うぇーい！」

うぇーいじゃねえよ！

全裸《ぜんら》事件以降、ティッシュは千夏の隷属《れいぞく》的イエスマンに徹《てっ》している。

「んでんで？　コースはどうなるんだい？」

「一応こんな感じになった」

「ほうほう……」

そう言って昨日プリントアウトした用紙を千夏に差し出す。

彼女《かのじょ》はそれを熟読して、

「ラブホが入ってないじゃん！　どういうこと!?」

千夏は激怒《げきど》した。

おまえはセリヌンティスのために走ってればいいんじゃないの？

「そこは俺が意図的に省《はぶ》いてやった！」

「省くことないじゃん！　行きなよ！　行ってそれからイきなよ！」

「下ネタやめろ、ドン・ガバ子」

「だって、せっかくピックアップしたのに！　ネットで拾ってきた情報を基《もと》に、上位の人気とリーズナブルなお値段の所を徹底的に調査したのに！　その上、ラブホってわからないように、店のジャンルも伏《ふ》せた私の努力を返してください！」

全部おまえの仕業《しわざ》だったのか！

「行くわけがないだろう。そもそも小春とそのような関係にいきなりなろうなんて考えが浅はかなのだ。おまえ、そんなとこ行ってみろ。小春にブチ切れられんぞ」

「そっかなぁ……そんなことないと思うんだけどなあ」

これは千夏にいくら言ってもわかってはもらえない不毛な議論なのでスルーさせてもらう。

「まあ、そういう訳だから、おまえらは付いてくるなよ。いいな」

「もちろん、もちろん。悟郎君の邪魔《じゃま》なんてするわけないじゃないのさ」

満面の笑みの千夏に一抹の不安を感じるのであった。

「ねえ、悟郎。次はどこだっけ？」

「ん？　次は……」

俺は昼下がりの公園のベンチの上で地図に目を落とす。

今日の小春は白のワンピースに小さな小物入れ。まあ、なんていうか、わかっていたことだが相変わらずとてもかわいい。

にやけてなるものかと、真剣《しんけん》な面持《おもも》ちを崩《くず》さずに次のデート（演習）コースを確認していると、スマホがポケットの中で振動《しんどう》する。

一応、チラリと確認すると、

『悟郎君！　君、ガセの情報を渡したね⁉　どこだ！　どこにいるのだね⁉』

千夏からの怒濤《どとう》の連絡《れんらく》が来ていた。

やっぱり尾行する気だったようである。

そんなことだろうと思って、悪いとは思ったがウソの情報を教えておいたのである。

せっかくいろいろお膳立《ぜんだ》てしてもらったのに申し訳ない。

だがさすがに尾行はやめてくれ。

ぜったいビデオに収めて放送する気だろう？

させるかそんなこと！

「あー、次はカラオケ屋か」

「そっかぁ……カラオケ屋かぁ……」

「なんだ？　気乗りしないのか？」

「う～ん……ってかさ、あたし歌わないし」

「俺も歌わないな」

「……行く意味ある？」

「いや、わからんぞ。その小春の彼氏《かれし》がカラオケ好きの可能性だってあるかもしれないだろ？　なんか聞いてないか？」

「………たぶん、カラオケ好きじゃないよ」

「そうなのか？」

「そうなの！　それじゃあ、次行こうか」

「えっと次は……」

リストを見ながら、次の行く先を確認………ありゃ。

「ああ、次はファミレスだな」

すると小春は急に怪訝《けげん》な顔をする。

「どうした？」

「えっと……ファミレスもちょっと……」

え、なんで⁉

「ダメか？」

俺ちょっとお腹空《なか》いてきたんだけど。

「ダメっていうか……あんまそういうのは行きたくない」

「腹へってないの？」

「う～ん、今はいいや」

俺がなんでか問おうとすると小春は急に手をパタパタさせる。

「それよりさ！　リスト、リスト！」

「ん？　これか？」

差し出すと、小春は俺に身を寄せリスト一覧を覗《のぞ》いてくる。

顔が近いぞ。

仮におまえの彼氏にこの現場を見られたら、著《いちじる》しい勘違《かんちが》いをされるから、出来ることならそういう行動は慎《つつし》まないか？

いや、俺は一向に構わないのだが……。

「あんたさっきから、なに一人でブツブツ言ってんの？　キモイんですけど？」

「おっと、すまん。なんでもないんだ」

心の中のつぶやきが、漏《も》れ出していたようだ。

「あのさ、ここ行こうよ！　ね？」

「ん、どこだ？」

「ここ、ここ」

そう言って彼女が指示したのは、例の施設であった。

「お、おい……それは……」

「ジュテームってとこ！　ね！　あたしファミレスよりこっち行ってみたい」

「いや、ここはやめよう！」

コンマ一秒、かぶせ気味に拒否《きよひ》である！

すると小春は不満げにブーッと膨《ふく》れる。

「なんでよ？　ここのすぐ近くだしさ、ちょっと外観だけでも覗いてみようよ」

「し、しかしだな……」

「なんのお店かくらい、いいじゃない。それとも悟郎はあたしとここに行けない理由でもあるわけ？」

「いや……そんなことは……」

ないことはない。

ってなわけで、押し切《おき》られる形で、俺と小春はあのいかがわしき店に行くことになってしまった。

いや、大丈夫《だいじょうぶ》。

外観だけチラッと見れば、小春だって察してくれるに違いない！

あ、これ、アレじゃん……ってなる。

ただその後、ゼッタイ気まずい感じになる。

それが嫌《いや》なのだよ！

わかるでしょ？

内心ひやひやしながら肩を並べて歩くうちに、周辺は次第《しだい》に人通りが減って来る。

そしてそこかしこに、同列の店舗《てんぽ》のそこはかとない隠微《いんび》な雰囲気を漂《ただよ》わせる看板や建物が散見しだす。

すれ違うのは、どこかコソコソと足早に歩く男女たち。

もう、この感じで察してくれませんかね、小春さん？

「ねえねえ、悟郎。なんかさ、さっきから、カップルが多くない？」

お、さすがだぞ！

そこに気が付いたら、答えまであと一歩だ！

「もしかしてこの辺りって……」

そう、わかるだろ？

「結構有名なデートスポット？」

おまえは天然かっ⁉

うっそ⁉　わからない？　わかるよね？　高校生だよね？

「どうしたの悟郎？　なんか言いた気だけど」

ダメだぁ……この娘《むすめ》、すごい純粋《じゅんすい》な目で俺を見てくる。

まったくこの辺りがなにかわかってねえ！

「あ、悟郎、ここだよ！」

そして小春はついに発見してしまった。

このお城のような建造物を！

「…………」

小春はその浦安《うらやす》大遊園地のランドマークのような外観に目を丸くし、立《た》ち尽《つ》くすように凝視《ぎょうし》した。

もう、わかるよね？

さすがにここまで来たら、わかるでしょ？

ね？　ねっ!?

「悟郎！　なにこれ！　めっちゃ面白《おもしろ》そうなんだけど！」

やっぱわかってなかったぁぁぁぁっ！

くっそぉっ！

正直、そうなんじゃないかなって思ってたけど、まさかこいつ、こういう場所も知らんピュアホワイツとは思いもよらなかったぜ。

まあ確かにジュテームの文字を彩《いろど》るネオンは煌々《こうこう》としているのに、よりによってホテルの部分が蔦《つた》に隠《かく》れて見えてない。これは小春も勘違いしちゃうよね☆　するかっ！

「あのな、小春。ここはその……」

「ちょっと入ってみようよ」

ダメに決まってんでしょうが！　ここは悪魔《あくま》城ジュテームなんだよ！

「ほらほら、休憩《きゅうけい》二時間３０００円だって。休憩できるんだね。うん、あたしごはんとかより休憩の方がいい！」

「いや、小春……ここがどういうところか知ってるか？」

「わかんないから行こうって言ってんでしょ！　バカなの？」

バカはてめぇだ！　というセリフを寸でのところで飲み下す。

「ほらほら！　ねっ！　ちょっとだけ！　ちょっとだけだから。中入るだけだから！」

それは男が本来、言うセリフだからね！

仕方ない……ここは覚悟《かくご》を固めるしかないのか。

俺、この事態を無傷で乗り切ることができるのであろうか……。

7月13日(土)

悟郎と出かける事になった！
やったー！
これはもう実質デートだよね
まあ、悟郎とどっか行くのは
いつもの事なんだけど、
でもやっぱ楽しみだ！
めっちゃ楽しみ！
どこ連れてってくれんのかな？
へへ～、どうしよう。
何着てこうかな

第5話

帰国子女

No! No!
No chance!
I love you!

物凄《ものすご》い緊張感《きんちょうかん》を発しながら、悪魔城ジュテームへと突入《とつにゅう》した。

なんてぇか、この施設、門を潜《くぐ》るまでがすんげぇハードルが高い。

何がって、周りの誰かに見られてないかっていう疑心暗鬼《ぎしんあんき》にも似た緊張感だ。

周りの人間はそこまで他人に興味はない、ってわかっててもこの緊張感よ。

マジで、千夏《ちか》たちに情報を与《あた》えなくてよかった……。

ホテルの中に入ると薄暗《うすぐら》いロビーに人気《ひとけ》はない。

くっ、どうしていいのかわからずウロウロ。

「ねえ、誰もいないのかな？」

「いや、えっと……」

すると受付らしい狭《せま》い隙間《すきま》から皺《しわ》の寄ったおばあちゃんらしき顔がチラリと覗《のぞ》く。

「そこの、部屋、選択《せんたく》して」

指示された方角には、壁面《へきめん》に部屋の種類と、押しボタンが付いていた。

もはや緊張でどうにでもなれ、という気持ちで、適当な部屋を選び、ふたたび受付へ。

受付のおばあちゃん（らしき人）は尚《なお》も俺の顔をジロジロと訝《いぶか》し気《げ》に見てくる。

これは、あれか……高校生だとバレるとヤバいやつか……。

しかしおばあちゃん（らしき人）は、しばしの沈黙《ちんもく》の後に、

「3000円、前金ね」

と言って奥《おく》へ引っ込む。俺の背がそこそこ高いのが幸いしたな。怪《あや》しまれなかったぜ！

会計を終えると、鍵《かぎ》と何かのリモコンの入った籠《かご》を渡された。

この部屋に行けということだな、よし。

「なんかブアイソウだね。もっとテンション高い人が出てくると思ったけど……」

「そうだな。浦安だったらきっとそうだったろう」

「それになんか、ここホテルみたいな造りだね」

ホテルだからね！　ラブい方の！

そんでもって部屋へと入る。

小春《こはる》はしばしその光景を観察するように眺《なが》め、眉間《みけん》に皺を寄せた。

「ねぇ……もしかしてここ……」

ついに気が付いたか。

来るならこい！　気まずい空気！

当方に迎撃《げいげき》の用意あり、覚悟完了《かくごかんりよう》だ！

「マンガ喫茶《きつさ》的なやつ？」

ああん！　ピュアホワイツっ！

くっそ！　おまえどこまで、天然なんだよ！

そういう知識ゼロですか？

まさか、俺を試《ため》してませんか？

「ま、まあ、そうだな。そういう感じの所かもしれないな」

「そっかぁ、なんかいいねえ！　けっこう歩き通しで疲《つか》れてたから。ほら、ベッドもある！」

と言って小春はごろんとベッドに横になる。

「うっひょー！　あ、こっちにはお風呂《ふろ》もあるんだ。ガラス透《す》けてんですけど、ウケる。金なかったのかっての。うきゃきゃきゃ」

いや、そういう仕様です。

「あれかな、やっぱ宿泊《しゆくはく》とかでも使って下さい、的な感じだよね。でもこういうところだと、ゼッタイ、エッチな目的で使うカップルとかいるよね、マン喫みたいに」

そういう目的で使う人しか来ないからね！

そういう場所だからね！

おまえ冗談《じょうだん》のつもりで正鵠《せいこく》を射落《いお》としたよ！　よっ、撃墜王《げきついおう》！

「まあでも、休憩で３００円は高いなぁ。想像してたのとは違うし」

おまえの想像ではきっとネズミとかアヒルのマスコットが迎《むか》えてくれる世界であったに違いない。

しかしここは大人の遊園地だから。

大人がメリーゴーランドするところだから。

「ま、いっか。とりあえず、休憩！　あ、テレビある！　なんか見よう！」

「マテェエエ‼」

それはあかん！

テレビはつけたらあかん！

俺知ってるぞ！　聞いたことあるぞ！

テレビつけたら、エロいやつが流れるってことを！

小春がリモコンに手を伸《の》ばす前に、サッと取り上げて棚《たな》の方へ押し込んでおく。

いいじゃないか、もう、このまま勘違いさせておけば！

全部丸く収まりそうなんだから！

「なによ。いいじゃないテレビくらい」

「テ、テレビなんて家でも見れるだろ？　ここまで来てすることじゃないじゃないか」

「まあ、たしかにそうかもしれないけど……」

「せっかく休憩に来ているんだ。ちょっとゆっくりしたらどうだ？」

すると小春はしばし考えて、

「うん、まあ、そうしようかな」

と了承《りょうしょう》してくれた。

よかった……これでどうにか……。

「あれ、これなんかのメニューだ。なんか頼《たの》む？」

それ開いたらいか——んっ！

驚異的《きょういてき》スピードで先手を取ってメニューを取り上《あ》げる。

だが勢い余って手からポロリと落ちて、ページが開いてしまった。

小春はそれを繁々と見おろす。

終わった！

「へぇ、食べ物頼めるんだ。カラオケみたいだね」

食い物の方のメニューだと？　よかった……アダルティなグッズとかじゃなくって……。

チラリと目線を落とすと、テーブルの下の段にも別のメ、ニ、ュ、ー。

たぶんこっちに確実にやべぇ内容が入ってるんだろう。

これは見えないように、奥に押し込んでおこう。

「こ、小春。せっかくだしなんか食べるか？」

「え？　いらない」

「そ、そうか！　そうだったな！」

「なに焦《あせ》ってんの？」

「いや、全然焦ってないし！　ちょっと疲れただけだし！」

「ふ〜ん……あ、悟郎《ごろう》！　ちょっと、ちょっと！」

「な、なんだ？」

「コスプレ貸し出《だ》し無料だって！　なにこれ、パーティでもやるのかっての？」

壁《かべ》に貼《は》られたチラシを見て笑う小春。

そうだよ、大人のパーリィをね――って言える訳ねえだろ！

「おわっ！　これもしかして……」

……今度はなに？

「ねえ、悟郎！　電気マッサージ器だよ！」

ホントだ！

電気マッサージ器！　通称《つうしょう》・電マ！

肩《かた》こり腰痛《ようつう》などのコリの幹部に当てスイッチを入れると振動でコリをほぐしてくれる家庭用医療《いりょう》機器――ってうるせぇ！

御託《ごたく》なんぞいいんじゃ！　ボケッ！

もう、この娘《こ》、次から次へといかがわしいもんばっか発掘《はっくつ》しやがって！

ってか、ここはいかがわしい場所なのだから、そりゃ当然、いかがわしいものがある訳で、責められるべきはそういうところに入ってきた自分たちの方なわけで……。

ああ！　もう、ヤダッ！

ここすごく心臓に悪いです！

よし、もうここまで来て、こうなってしまったからには覚悟を固めて心を落ち着けるんだ。俺《おれ》が右往左往しても何も好転しない。だったら焦《あせ》らずに落ち着いて対処するしかないのだ。

「なあ、小春、ちょっと落ち着こう」

「落ち着いてるよ。ってか、あんたが落ち着きなさいよ。コーヒーメーカーあるから、飲み物淹《い》れてあげようか？」

と彼女はコーヒーメーカーの前まで行って、くるりと踵《きびす》を返す。

「やっぱ悟郎が淹《い》れて」

「淹れる淹れる！　俺、珈琲《コーヒー》つくるのだぁい好き！」

ああ、こんな形でモーニングコーヒーを飲むことになろうとは。

「悟郎、だいじょうぶ？　なんかグッタリしてるけど？」

今日に限ってやさしいね。

いつもなら顎《あご》で使うくせに。

それくらい今日の小春はご機嫌な様子なのである。

俺は小春をベッドに座《すわ》らせて、これ以上余計なことに首を突っ込ませないようにして、珈琲を淹れる。

このまま何事もなく、ここを出ればいいのだ。

それが一番なのだ。

でも、そこで俺は一抹の不安に駆《か》られた。

それは小春にここがどういう場所なのかちゃんと教えなくていいのか、ということだ。

だって、小春がここをマンガ喫茶とかの延長線上の、のんびり休憩できる場所、などと思ったままにしたらどうなる？

きっと小春は彼氏とのデートで、ここに来てしまうのではないか？

しかも小春が「疲れたから、ちょっと休もうよ」などと言ったらどうだ⁉

小春は本当に休憩のつもりでそう言うに違いない。

だが男の方はそれをどう思う？

「……………やべぇ」

「なにがヤバいの？」

「いや！　なんでない、そこでゆっくりしていろ！」

マズいぞ！　マズいマズいマズい！

そんな女の子から誘《さそ》われて、断れる男子なんかいるのか？

いるとしたら、それは女に興味ないか、チンチン斬《き》りおとしてるかのどっちかだろ。

普通《ふつう》の男子はそれを断れない。

断言できる。

しかも相手は友達でもなければアカの他人でもない。

他でもない彼女からそう言われてるんだ。

むしろ覚悟を固めるってもんだろう。

「………………」

ダメだ。それだけは。

小春が勘違いしたままでは悲劇しか生まれない。

その結果、俺が漁夫の利にあずかろうなんて、そんなチンケなマネだってできない。

傷つくのは他でもない、あいつなんだ。

目を移すと、当のあいつはベッドの上でうつぶせになって足をパタパタさせている。

ここは彼女のためにも、そしてまだ見ぬ憎《にく》いあん畜生《ちくしょう》のためにも、恥《はじ》を忍《しの》ぶしかあるまい。

最近、恥をかく事にはかなり耐久性《たいきゅう》が上がっている俺だ。

これくらいどうってことはない。

よし、いいな。

言うぞ！　俺は小春にここがラブホだと言うぞ！

「あ～……小春、珈琲入ったぞ」

「…………」

「そ、それでだな……ちょっとおまえに話しておきたいことが……」

「……ねえ悟郎……」

ん？　どうした？

なんかひどく声が硬《かた》いぞ。

「あ、あの……もしかして……」

ギシギシいいそうな首をこちらに向けながら小春は声を震《ふる》わす。

「……ここってもしかして……」

そう言った小春の視線の先はベッドの横にある小机に向いていた。

その小机の上にはある製品が置いてある。

四角くて薄《うす》くて両端《りょうたん》がギザギザになってて真ん中に丸いシルエットがあって、なんて言うかその……ゴム製品があった。

そういえば女子は保健体育で習うってこのまえ聞いた覚えがある。うん、俺知ってる！

「……ここって、つまり、そういうところなんだよね？」

俺は目を瞑《つぶ》り、長く沈黙し、重々しくうなずいた。

「な、なんで早く言ってくれないの！」

「いや、言おうとしたり迷ったりしているうちに事が進んでだな……」

小春は恥《は》ずかしさのあまりベッドと壁の隙間《すきま》に入り込んで小さくなる。

「ああ！　もうっ！　ちょっと考えればわかるじゃん！　もうもう！　うなぁ！」

今まで無垢《むく》に楽しんでいたことを恥じているのだな。

でも、違う先入観をもっていたら案外気付かないのかもしれない。

目の前で小春を見ていたら、なんとなくそんな気がした。

そもそも、ラブホの存在は知っていたとしても、入ったことがないのだから。

そこに『夢の国』的思い込みをして突入したら、そりゃ気付きませんわ。

突然《とつぜん》小春はガバッと起きると、こちらに向き直る。

「悟郎！　ダ、ダメだからね！　そういう事のために入ったわけじゃないからね！」

めちゃくちゃ動揺《どうよう》してた。

なんかここまで慌《あわ》てふためく小春を見ていたら、こちらが冷静になってしまったぜ。

さっきまでの緊張感がウソのようだ。

「んなことわかってる。そもそも、おまえが突貫《とっかん》してったんだから」

「そ、そうだけど！」

「とりあえず、シャワーでも浴びて来いよ！」

「ぶちのめすぞっ！」

すげぇ怒《おこ》られた。

まあ、冗談を言えるくらいの余裕《よゆう》は出てきたので、ここは落ち着いて対処しよう。

「そう慌てるなって。勘違いではあったが、小春がさっき言ってた通り、ホントに休憩するだけに使ったっていいんだから」

「でも……でも……ここはそういうことする所なんでしょ！」

「そうだけど、俺は何もしないぞ」

「あたし知ってる！　そうやって『何もしない』って連れ込むって聞いたことある」

もう連れ込まれた後ですがな……。

「と、とにかく出よう！」

「まだ三十分も経《た》ってないぞ？」

「いいの！　もう、ここは出るから！」

そう言って小春は上着を羽織ると足早に飛び出そうとした。

俺も部屋の鍵などを持ってその後を追う。

受付のばあさん（らしき人）は、早々に出てきた俺を一瞥《いちべつ》すると、訳知り顔でニヤリとして『かわいそうに。残念だったね』みたいな視線を向けてきやがった。

ちげーですから！

言い訳しないけど！

表に出てからも、小春は一言も口をきこうとしない。

まあこれは想定していたことなので、仕方ないと割り切っていた。

すこし落ち着くのを待とうと思う次第。

そうこうするうちに、先ほどいた公園まで戻《もど》ってきてしまった。

小春はベンチに腰《こし》を掛《か》けると膝《ひざ》に手を置き俯《うつむ》いたまま頬《ほお》をふくらます。

理不尽《りふじん》な怒りを俺にぶつけたりする幼馴染《おさななじみ》ではあるが、この場合、自分に対して怒っているのだろう。

かける言葉もないし、なによりこういう時は余計なことは言わない。

沈黙が必要な時だってあるのだ。

「ちょっと、なに黙《だま》ってんのよ！　なんか言いなさいよ！」

必要なかったみたいだ。

俺の読みも大概《たいがい》である。

「いや、まあ、あれは仕方ないだろ。俺は他人に漏らしたりはしないから」

「当たり前でしょ！　ってか、他人に漏らしたら大ごとよ！」

そりゃそうだ。ただの幼馴染同士でラブホ入ったなんて話になったら、どんなに否定しても変な噂《うわさ》が立つに決まってる。

「とにかく、さっきのことはお互《たが》い忘れよう。誰《だれ》も幸せにならない」

「……そうね」

「むしろおまえが気付いてくれてよかったと思っている」

すると小春はキョトンとして首を傾《かし》げた。

「なんで？」

おや？　こいつわかってないな。

「だからさ、おまえが気付かないまま、あそこがただの休憩所《きゅうけいじょ》だと思い込んでたら、その……彼氏とうっかり来ちまうだろ？」

しかし小春はしばし何を言われているのかわからない、といった顔でポカンとする。

そして急に我に返ったかのように、

「え？　あ！　そうか！　そうだね！」

と同意した。

おまえ……今の反応、完全に彼氏の存在忘れてただろ……。

いやまあ、それどころじゃない事態だったことは認めるけどさ……。

小春はそのことを恥じてか、気まずそうにモジモジした。

またしても沈黙に突入しちゃうのか、と俺が不安になりかけると、小春が話を変えるように口を開いた。

「あのさ……」

「なんだ？」

「なんか、無理言って、ごめんね」

突然の謝罪の言葉に、俺は目をパチクリ。

こんな小春は人生の中で数度しか見たことがない。

そのせいか、何を謝《あやま》られているのかわからなかった。

それに気が付いて小春は少し不機嫌《ふきげん》な顔を作って見せる。

「だから……あんたに彼女《かのじょ》作れとか言ったこと」

「ああ、そのことか」

「ちょっと……ううん、ちょっとじゃない。すごく無神経だったと思ってる」

正直混乱したことは否《いな》めない。

なんで、って思いは今でもある。

「でもね、あたしは悟郎と一緒《いっしょ》にはなれないから、だからさ、せめて幸せになって欲《ほ》しいのよ。だって、ずっと一緒に育って来たんだし、その……兄弟姉妹みたいなものじゃない」

「そうだな。ずっと一緒だったからな」

「でも、悟郎がその……前にあたしにその……」

彼女は言い辛《づら》そうに頬を染める。

自分からは言い辛いに決まってる。

「俺はお前に好きだと言ったな」

「………うん」

彼女はコクリと頷《うなず》いた。

「それはね、すごくうれしかった。それはホント」

そうか。いやでなかったのなら何よりだ。

「でも、今のあたしじゃ、悟郎の気持ちには応《こた》えられない」

そうだな。付き合っている人がいるとは思ってもみなかったからな。

知っていたら我慢《がまん》していた。

苦しむのは小春になるからだ。

彼女の言葉に、ウソはない——そう思った。

仕方ないさ。小春には彼氏がいるのだから。

それで俺の告白に応えてしまったら修羅《しゆら》場突入《ばとつにゆう》だ。

さすがに地獄《じごく》だろ？

しかも誰一人《だれひとり》幸せにならないと来た。

はぁ～あ……まいったねぇ。

小春のこんな顔見たら、俺だって頑張《がんば》らなきゃって気持ちになっちまうじゃないか。

「よし、決めた」

俺はベンチから勢いよく立ち上がった。

小春が目をパチクリさせる。

「なに？　どうしたの？」

「俺、恋人《こいびと》作るよ。今まですがに無理かなと思ってたけど、本腰《ほんごし》入れて掛かる」

「ホント？」

「おう！　でも、あんま期待すんな。俺、モテたことないから」

「そんなことわからないじゃない。もしかしたら、あんたみたいな人間でも、気にかける人はいるかもしれないよ」

おい、急にいつもの調子に戻りだしておりませんか？

「まあ誰でもいいから、みたいなのはしたくないから、じっくり腰を据《す》えてかかる。だからあんま急《せ》かさないでくれよ」

「うん、わかった。んじゃあたし応援《おうえん》してあげるから、ありがたく思いなさい」

「へいへい」

結局こいつの口の悪さはかわらねえなあ。

まあいいや。

なんかちょっとすっきりした、というか、頭の靄《もや》が晴れた。

結果的には良ったのかもしれない。

そりゃ、俺の中の気持ちは今も変わっていない。

いや、むしろ前より大きくなっていると言っていい。

でも、それじゃダメなのだ。

だから踏《ふ》み出すために、見るべき方向を変えなきゃならない。

すぐは無理でも、意識だけは向けておく。それでもいいんじゃないか、ってくらいには思えたわけだ。

「しかし、どういう方向に努力していいのか全くわからんなぁ……」

「どういう方向って？」

「だって俺が小春のことを好きなのは変わってないんだぜ？」

すると小春は目を剥《む》いて耳まで真っ赤にする。

「そ、そんなこと堂々と往来《おうらい》で言わないでよ！」

愛《う》いやつめ。

「……だがな、前進するつもり、といっても具体的に何をしていいのか、となると悩《なや》むじやないか」

「ま、まあ、そうね」

「街コンとかにでるとか？」

「それは婚活《こんかつ》の人たちが多いから無理でしょ。年収とか聞かれてどうこたえるのよ」

「……もっともだ」

「とりあえず、周りの女の子の好感度を上げるところからじゃない？」

「小春が意外にもギャルゲー脳であることに俺はびっくりだ」

「だ、だって！　別に間違《まちが》ってないでしょ！　好感度は上げた方がいいでしょ！　イベントCG全部集める気で行った方がいいでしょ！」

俺は小春のイベントCGをコンプリートしたかったよ。

言えないけどね。

「まあ、とりあえずは焦《あせ》らず周りと仲良くって事だな」

「うん、そうだね」

小春が笑う。

俺もつられて笑う。

よかった、と思う。こうして普通に話せるようになったことがだ。

だってさ、ともすれば、お互い気まずくなって終わってた可能性だってあるんだぜ。

今考えると恐《おそ》ろしいな。

告白してフラれたら、やっぱ普通はお互い距離《きより》をとってしまうものだ。

フッた方もフラれた方も、顔合わせづらいだろ？

なに話していいかも慎重《しんちょう》になるしさ。

なのに小春はそうせずに次の日も俺の所にきてくれた。

正直、感動したよ。

こいつすげぇ、って思った。

だって告白した俺よりも、小春の方が心苦しいに決まってる。なのにこいつは俺を避《さ》けることもせず、むしろ恋人を作れと、俺の幸せのために動いたのである。

ま、すぐにその意図に辿《たど》り着《つ》けなかったのは、俺がまだガキだったって事なのかな？

今となっちゃどっちでもいい。

どちらにしても、小春に告白した俺のあの時のテンションは、まさに蛮勇《ばんゆう》だったと言っても過言ではないな。

思慮深《しりょぶか》さって必要だと思う。

まあそれで慎重になりすぎてもよくはないと思うけど。

「よっしゃ、まだ少し早いけど、どっかウロウロして今日は帰るか」

「うん、そうしよう！」

「おい、小春。あとなんかやっておきたいこととかないのか？　デートの練習なんだからやれることとやっとかないと、後で恥かくのはおまえだぞ」

「やっておきたいこと……か」

小春は唇《くちびる》に人差し指をあてて考え込む。そして意を決したように小さく唇をかむと、蚊《か》の鳴くような声でこう言った。

「手……つないでみたい……かも」

「――え？」

頭が真っ白になった。そう言った小春の恥ずかしそうな顔があまりにもかわいくて、ドキドキしてしまう。ラブホに行った時なんて比べ物になんないくらいに、身体中《からだじゅう》の血が騒《ざわ》めく。

俺は緊張なのかドキドキなのかわからない高鳴りに言葉が出ない。

できたのは自分の右手を小春に差し出すことだけ。

「――……へへ」

小春がはにかむ。な、なんだこれは⁉　何なんだこれは⁉

なんにも考えられないくらいの多幸感に頭がしびれる。

ちいさな小春の手が、俺の手を取るようにゆっくりと伸びてくる。

二人の指が触《ふ》れそうな瞬間《しゅんかん》、

「――――っ！」

小春はハッとして、それからその手を引いた。

どうした？　とは聞けなかったけど、でも俺の顔が雄弁《ゆうべん》に語っていたに違《ちが》いない。

それを見た小春が、ただ焦《あせ》ったように手をバタバタさせる。

「え、えっと、ごめん、あのね――」

言いかけた小春は、今度はどうしたことか壊《こわ》れたパソコンのようにフリーズ。

その視線は俺のずっと後ろ、公園の入り口に注がれていた。

どした？　と思いながら彼女の視線の先に目を向けて俺も驚《おどろ》いた。

その先には俺も小春もよく知っている女の子が立っていたからだ。

どうやらあちらも、俺たちに気付いたらしく目を丸くしている。

「……………明菜《あきな》」

俺が声をかけると、彼女は大きく息を吸ってこちらへ駆けてくる。

「悟郎ちゃん！」

周りに憚《はばか》ること無く大声で俺の名を呼ぶと、久方ぶりの再会に興奮するように顔を紅潮させながら抱《だ》き着いてきたのである。

「悟郎ちゃん！　悟郎ちゃん！　悟郎ちゃん！」

「お、おう！」

そ、そんなに抱き着かれますると、わたくしの腕《うで》あたりにとても柔《やわ》らかいものが押《お》し当《あ》てられて大変気まずいのですが……。

この豊満に成長した女性の名は小久保《こくぼ》明菜という。

小学校の高学年の時から中学までクラスが一緒で、何より小春とも仲がよかった。

そのせいもあって、俺もよく明菜と話をしたのだ。

そんな明菜は抱き着いた勢いで俺の両腕《りょううで》を掴《つか》んでいたことに気が付いたのか、急に恥ずかしくなったように顔を赤くして距離をとる。

「ご、ごめんね、久しぶりでうれしくなっちゃって……」

「いやいや気にすんなって。でもホント久しぶりだな……中一の時以来か？」

「そうだね！　中一の夏休みに引《ひ》っ越《こ》したから」

「こっちに帰ってきてたんだ」

「うん。ほら大学受験とか考えると、はやい段階でこっちで生活した方がいいかな、って

親と話して、それでこっちでアパート借りることにしたんだ」

「え、じゃあ、親御《おやご》さんは？」

「仕事があるからね、まだシカゴにいるよ」

そう彼女は親の仕事の都合で中学一年の時にアメリカへわたってしまったのだ。

「そっか、ほんと懐《なつ》かしいよ。なあ、小春……」

と彼女に向き直ったら——。

「ん⁉　あれっ⁉」

あいつ！　いないでやんのっ！

「どこ行ったんだ⁉」

すると明菜は驚いたように目をパチクリさせた。

「え、小春ちゃん？」

「ああ、さっきまでここに……どこ行っちまったんだ？」

と、そこまで言った所で、明菜は何やら気まずそうな顔をした。

「ん？　どうした？」

「え？　いや……えっと……なんでもない」

なんでもないって顔じゃない。

明らかになにかある顔だ。

しかも明菜が気まずそうにし始めたのは、小春の話題が出てから。

小春は小春で、明菜を見た瞬間に雲隠《くもがく》れときた。

こりゃ二人の間になんかあるな、というのは鈍感《どんかん》な人間でも気が付くさ。

「なあ、明菜」

「え、何？」

「おまえ、小春となんかあったの？」

するとこれまた明菜が絵に描《か》いたような狼狽《ろうばい》ぶりを露《あら》わにした。

「あわわわわ、い、いえいえ、そそそそんなこと………ないけど……」

最後の方は消え入りそうな小声。

なんかあるんじゃん……。

しかもスゲェ言い辛《づら》そうな何かが。

「それ……俺が聞いてもいいこと？」

「……それはちょっと……」

じゃあ聞かない方がいいのかな。めちゃくちゃ気になるけど、明菜がそう言うならここはグッと我慢するべきだろう。

「でも、なんか抱《かか》えきれないようなことなら、俺に話してくれよ。あんまよくわかんないんだけど、それでどうにかなるなら、俺、協力するから」

するとと明菜はわずかにぼんやりと俺の顔を見つめ、それからとろんと溶《と》けるように笑った。

「……うん、ありがとね、悟郎ちゃん」

そんな彼女の笑顔《えがお》を見て、そうそう明菜はこうやって笑う娘《こ》だった、と懐かしい気持ちになる。

と、その時だった。

突然、公園の入り口の方から声が上がった。

「おうおう！　君はもしかして大貫《おおぬき》の悟郎君ではないのかね⁉」

すごく大根役者まるだしのセリフ回しで現れたのは大庭《おおば》千夏。

その後ろには奴隷《どれい》と成り果てたティッシュの姿もある。

「いやぁ、偶然《ぐうぜん》ですなぁ！　奇遇《きぐう》とも言いますなぁ、ティッシュ君」

「はい！」

何が奇遇だ。

額《ひたい》に汗《あせ》びっしょりで現れやがって。

どうやら、俺の行きそうな所をしらみつぶしに駆けまわっていたのだろう。

しかも見つかってしまうとは……一生の不覚。

それにしても……千夏の私服、センスねぇなぁ……。

リゾート気分全開な派手なサングラスに、これまた南の島へと遊びに来たようなキャミソールに麦わら帽子《ぼうし》。

千夏、それ普段着《ふだんぎ》なの？　それとも変装とかのつもり？

どっちにしても、悪目立つこと請《う》け合《あ》いだよ。

なにぶんティッシュがちゃんと清潔感のあるシャツとズボンだから、余計に際立《きわだ》って浮《う》かれ旅行者である。

「へいへーい！　なになに？　もしかしておデートですか？　むふふん？」

すると明菜が顔を真っ赤にして、首を横に振《ふ》る。

「い、いえ、その、別にそういう訳じゃ……」

「ほっほう……この娘《こ》が例の……」

「え？　なんですか？」

サングラスをちょいずらして、近寄りながら千夏はふむふむとうなずく。

かくいう明菜の方はちょっとびっくりしながら身を縮める。

「いや～、悟郎君も隅《すみ》におけないねえ！　こんなカワイイ娘《こ》と休みの日に出かけてるなんて。ね、ティッシュ君」

「はい」

「しかも、プロポーションが最高じゃないのさ！　なんか……聞いてた感じとえらく違うというか、すごい主張してくるというか、おっぱいというか……あれ？　もっと小ぶりだと想像していたのですが」

「はい」

おい、ティッシュ！　おまえイエスマン過ぎないか⁉

ってか、たぶん千夏は明菜を別の人間と勘違《かんちが》いしている。

「おい、千夏。ちょっと聞いてくれ。いいか彼女は小春じゃなくて……」

すると千夏はあきれたような笑いを浮かべ子供をあやすように言う。

「はいはい。悟郎君、取《と》り繕《つくろ》いたい気持ちはわかるけど、もうバレバレだから」

バレバレじゃねえだろ！　完全に別人と勘違いしてんだろ。

「ティッシュ君、この往生際《おうじょうぎわ》の悪いのをどけてくれたまえ」

「はい」

「おい、待て、ティッシュ！　おまえ、俺との友情はどうした⁉」

「……許せ」

許されねえだろーが！　ちょっと！

千夏はニヤニヤしながら明菜にすり寄る。

「いやぁ。お初にお目にかかりますなあ。あたし、悟郎君のクラスメイトの大庭千夏です。

こっちはティッシュ君。なぜティッシュ君なのかって？　付いてたんですよ、先っちょに」

「？」

「まあ、そんな話は別に今はいいですな。重要なのは君ですよ、君！」

「あ、はい……私は……」

「知ってるよ、知ってるよ！　みなまで言わなくても、あたしに知らない事はないんだよ」

「そ、そうなんですか⁉」

いや、みなまで言わせてあげて！

明菜に弁明させてあげて！

「あの……私と悟郎ちゃんのことって……」

「小中学校いっしょだったんだよねえ！」

「は、はいそうです。そんなことまで知ってらっしゃるんですね！」

明菜は驚きながらもうれしそうな顔をする。

違うから！　千夏が言ってるのは小春のことだから！

しかし千夏の猛攻《もうこう》は、俺に口を挟《はさ》ませない。

「んでんで？　悟郎君とは今日はどこ回ってたんだい？　もしかして、ラブい大人の遊園地とか行っちゃったりしたんですの？」

聞き方がオッサンのセクハラみたいになってますけど！

すると真っ赤になった明菜が顔を俯《うつむ》けながら釈明《しゃくめい》をした。

「あ、あの、私、別に、悟郎ちゃんとは……そういう関係じゃ……」

「え～、悟郎君、意気地《いくじ》なし」

こいつ、俺に思いっきり蔑《さげす》みの目を向けてきやがる！

行きましたから！　小春とは行ってきましたから！

って言いたいけど、言えねえ！

「いやぁ、でもさっき、悟朗君とチューする勢いで顔が近かったですねえ。もしかしてお邪魔《じゃま》しちゃった感じですか？　もしあれでしたら、あたしたち退散しちゃいましょうか？

むふふん」

「そ、それは勢いで……別にそういうわけじゃ」

「な、なんと！　勢いで！　勢い余って大衆の往来で接吻《せっぷん》つかまつろうとしていたのかね君？　いやあけしからん、けしからんですなあ。若者の性が乱れておりますなあ、ティッシュ君」

「はい！」

「大衆の面前で接吻つかまつるのだから、当然ベッドの中ではさぞかし……」

「はい！」

ダメだ！

千夏のコミュ力を信頼《しんらい》してたけど、今の彼女はどう考えても通《とお》り魔《ま》的に現れたセクハラ酔《よ》っ払《ぱら》いオヤジだ。

場合によっちゃ逮捕《たいほ》案件だ。

これは止めねばなるまい——そう思った俺《おれ》に、千夏は目配せをするように、ふふんと笑《え》みを見せて不器用なウィンクをしてみせる。

「と、まあ、冗談《じょうだん》はこの辺にしておきまして」

「……はい？」

「悟郎君からあなたの事はいろいろ聞いてましてねえ。幼馴染なんでしょ？」

「幼馴染って言っていいのかな。でも悟郎ちゃんとは中学まで一緒で……」

「聞いてますよ～。中学までずっと一緒だったんだよね！」

すると明菜は上目づかいに俺の顔をチラッと見てはにかむ。

「えへへ、はい。悟郎ちゃんにはいろいろお世話になったりしました」

「だよねえ。そうだよねえ。お世話になっちゃっているのに別の人になびいてしまったり、みたいな事ってあるよねぇ」

「??」

ほら、もうほころびが出てきたよ。

ああもう、見てらんねえ。

誤解とかなきゃ、変な事になっちまう。

こいつは小春じゃないよ、と言おうと一歩前へ——が、しかし、ティッシュが羽交《はが》い締《じ》めにする。

「おい、ティッシュ、なにを……」

「邪魔をしてはいかん、大庭さんがうまい事やってくれる」

いや、既《すで》にうまくない方向に勘違いが進んでるんですけど！

間違いを是正《ぜせい》することが出来ず、千夏と明菜の会話は新たなる局面へと進む。

「まあ、君のことは悟郎君から毎日いろいろ聞いてますよぉ」

「えっ？　悟郎ちゃんが私のことを毎日話してくれてたんですか？」

明菜はこちらを一瞥するや、恥ずかしそうに俯いてしまう。

「ほっほう！　なにを頬染めておるのですかな？」

「べ、別にそんなことありません！　…………でも、悟郎ちゃん、そんなに私のこと、話してくれてたんですね」

「そりゃあもう、一日のほとんどは、君の話題ですからなぁ」

「えへへ。そう……なんだ」

「そうなんですよ！」

ちがいますよ！

そこで千夏は背筋をピンとさせると報道官の顔になる。

「オッケーオッケー。で、ちょっと本題に入っちゃってもいいですか？」

「なんですか？」

「いやぁ……これ言っちゃっていいのかなぁ……でも私腹の探《さぐ》り合いみたいなの得意じゃないからなあ。よし！　率直《そっちょく》に聞いちゃうよ！」

「は、はい！」

急に千夏は声を潜《ひそ》めると、明菜に顔を近づける。

さらにこちらには聞こえないような声で口を開く。

「……君、悟郎君に自分以外の女性とくっついて欲しい、って思ってんだよね」

「…………」

「ありゃ、ごみん。聞かない方がよかった？」

しかし明菜は意を決したように顔を上げると凛《りん》とする。

「いえ。そんな事はありません。でも同じ学校のお友達で、そこまで正直にお話しする間《あいだ》柄《がら》なら、言っても大丈夫《だいじょうぶ》ですね」

「お、おう！」

すると明菜は急にこちらをチラッと確認《かくにん》し、千夏に顔を近づけると再び小声で囁《ささや》いた。

「悟郎ちゃんには……ちゃんとお似合いの相手がいるんです」

「えっ!? 初耳ですけど！」

なに？ なにが初耳なの？ 俺に聞こえるように話してくんない？

「聞いてませんか？」

「うん、聞いてないよ」

この段になって千夏までこっちをチラチラ見ながら小声になってしまう。

もはや二人の会話が完全に聞こえないのだ。

「だって悟郎君は君が……ゲフンゲフン！ ごめん、なんでもなかとです。はい」

「悟郎ちゃん、その人とは実は両想《りょうおも》いなんです」

「え！　なに⁉　悟郎君め、そんな相手いるなんて知らなかったぞ！」

なに？　どんな相手がいるって？

「ちなみに、その悟郎君のお似合いの相手って誰なのですか⁇」

「えっと、悟郎ちゃんの幼馴染で……」

「え、二人いたの、幼馴染⁉」

「二人⁇」

「いやいや、結構です。続けてくださいな」

「あ、はい……いつも悟郎ちゃんの家に行くとその娘《こ》もいるんです」

「なんで話さなかった！　そんな重要人物！　つまり、そこで君と三角関係になって行った、ということですな！」

「そ、そんな…………はい」

「ひょおおお！　そっかそっか！　見えてきましたよ！　そこで君は悟郎君を諦《あきら》めるために彼氏《かれし》を作った、と。筋が通りましたね」

「あの……私、彼氏はいませんけど」

「⁇　おやおや……ああ、なるほど！　はいはいそういうことね。自分がお邪魔虫になってはいけないから、彼氏いないけど彼氏がいるってことにしたと。泣ける！」

「え、え……あの……」

「そうすれば悟郎君も気を遣《つか》わずに、そっちとくっつけると、そういうことのね——だが、君！」

「は、はい！」

「あきらめるのは早いですから！　君はまだ本当のことを知らない！」

「な、なんですか本当のことって？」

するると千夏がその場で地団太を踏んでじれったそうにする。

「ああ、言いたい！　本当の彼《かれ》のことを言ってしまいたい！　でもわたくし、そんな野暮《やぼ》な横槍《よこやり》は入れたりしないのです！　いいかい、君はそんな無理なんかしないでいいから、心の赴《おもむ》くままに進むのですよ！」

「え……は、はい」

「んじゃ、せっかくだし連絡先《れんらくさき》でも交換《こうかん》する？」

「はい。ありがとうございます！」

なんか話が終わったみたいだけど、絶対よろしくないまま話は進行しているに違いない。

確信がある。

どうやって訂正《ていせい》しよう、とか考えているうちに千夏は明菜と連絡先を交換すると、

「ではね、悟郎君！　また学校で！」

と言って嵐《あらし》のようにティッシュを連れて去っていった。

8月12日(火)

しまった……逃げちゃった……

いや、でも逃げるつもり

じゃなかったんだよ

むう……明菜め……

言いたいことばっか言って……

別にいいけどさ

でも……………

顔合わせづらいなあ

次あった時、話せるのかなあ

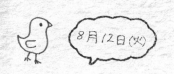

「ふうん、それで君はボクの忠告を無視して、結局幼馴染《おさななじみ》とデートをしてきたのかい」

今日も謎《なぞ》の眼帯をつけて生徒会長は涼《すず》し気《げ》な顔で俺を見る。

「デートじゃないっす、デートの予行です」

「どっちにしても同じことさ。君にとっては大切なデートだったに違いない」

くそ……言い返せねえ。

「その結果、かつての中学校のクラスメイトにまで偶然会ってしまったと」

「はい、まさにその通りで……」

「しかも大きな勘違いを大庭《おおば》君と比嘉《ひが》君にさせてしまったと」

「おっしゃる通りです」

「さらにその二人はまったく君の言うことを聞いてくれない」

「俺が小春《こはる》を隠《かく》したいがためにウソついてると思ってるみたいで」

「なるほど……事態は想像以上に深刻だね」

「はい、ホントに」

肩を落とす俺を見ていた先輩は、なんだかいつものからかうような素振りはなく、まじめな顔でひとつ息をついた。

「思ったよりも百人を救うのは難しそうだ」

「そういえばこの前もそんなこと言ってましたね？」

「そうだっけ？」

自分の言ったことはすぐに忘れるんかい……俺の言うことは一言一句覚えてるくせに。

「一人を救って百人を犠牲《ぎせい》にするってやつですよ」

「ああ。一人を救って百人が犠牲になるのと、一人を見捨てて百人を救うのだったら、どちらを選ぶ？　というやつだね」

それそれ。ちょー世界系な選択肢《せんたくし》！　先輩、アニメ見すぎじゃないの？

「君ならどうする？」

「どうって？」

「大貫《おおぬき》君ならどちらを選択するんだい？」

「俺ですか？　う～ん、まあ、俺は全員助けられる道を探したいっす」

「どちらかしか選べないとしたら？」

「……難しいっすね。救う一人にもよると思いますけど」

「なるほど救う一人にもよるか……」

「でもそうじゃないですか？　よく知らんやつ一人を救うくらいなら、俺は百人をとりますけど、仮にそれが大切な人なら話は変わりますよ。当然です」

「ボクは後者を迷わずえらぶね」

へえ、それは意外。真冬《まふゆ》先輩の事だから、隠された力が発動するのかと思った。

「まあ、君たちの恋《こい》が百人を犠牲にするような恋じゃないことを願うよ」

「なにそのギリシャ神話レベルの恋愛《れんあい》っ⁉」

「なにが起こるかわかんないって話さ。君の恋ひとつで世界大戦を引き起こした日には、どうしてくれるんだい？」

「スケールでかい！　起こるかそんなもん！」

クックッ、と笑いながらようやく顔を上げた真冬先輩は背もたれに寄りかかり足を組む。

「まあ、君と杉崎《すぎさき》小春の問題――ボクは今のところ静観の構えで行くつもりだよ」

「そうしてもらった方が俺も気が楽っす」

「でも忘れないでくれたまえ」

「なんです？」

「ボクとしては本当は頼《たよ》ってほしいんだからね。それも早めにね」

そう言ってウィンクして見せる真冬先輩だが、眼帯してるから目つむってるみたいッス。

「なにより君にはもっと気がかりな問題があるんじゃないのかい？」

うぉっ……そこ突《つ》いてきたか、真冬先輩。

真剣《しんけん》に考えなくちゃとは思っていたんだが、どうしても答えが見つからずうやむやになっていた超難問《ちょうなんもん》。

「杉崎小春と小久保《こくぼ》明菜《あきな》の間にどのようなわだかまりがあるのか？」

「はい、その通りです」

「相手を見た途端《とたん》に逃げ出《だ》してしまうんだ。その因縁《いんねん》はかなり深いのかもしれないね」

「そう思います」

さすがは真冬先輩。話がはやい。

ただ真冬先輩はちょっと困ったようにむぅとあごに手を当てる。

「小久保明菜が引っ越したのは中学一年の時と言ってたね？」

「はい、そうです」

「君はそれまでの間、二人と一緒《いっしょ》にいて何か変化に気付かなかったのかい？」

「……そうですね。俺からは親友みたいに見えてましたし、二人の様子が変わったって感じたことはなかったです」

「君の目から見てそう感じたのなら、それは間違いないんだろうね」

「どういうことです？」

「そのままの意味さ。大貫君が小久保明菜に出会う前に、杉崎小春と何かあってずっと水面下で冷戦状態だった──つまり変化は出会う前に起こっていた」

「それは考えにくいと思いますけどね。だって明菜と出会ったのって小春と一緒にいる時だし」

「ふぅん、ということは……」

「ということは？」

「小久保明菜が引っ越しする直前、ないし引っ越し後──となる」

「……先輩、もう一つ可能性があります！」

「ほう……ボクが気付かない可能性に君が気付くというのかい？　参考までに聞かせてくれないか？」

「俺が鈍感すぎて全く気付いてない可能性です！」

するると真冬先輩はおかしそうにおなかを抱えた。

「君はユーモアのセンスがあるな」

「あれ、すごく真面目《まじめ》でしたけど、俺」

「だとしたら天然なのかい？」

そんなつもりは毛頭ないのだが……。

「君のクラスメイトも言ってたろう？　どちらかと言えば鋭《するど》い方だと。君は世間に流布《るふ》される軽小説に登場する都合よく難聴《なんちょう》になる主人公の類《たぐい》にはなれない男だよ」

え、なんだって？

「総じて真面目に考える性格であるし、何より君は幼馴染の変化には敏感《びんかん》なはずだ。それを見落とすとは当然思えないね」

まあ小春の変化に関しては敏感なのは認めざるを得ない。

全アンテナを小春に向けていたわけだからして……。

「もし杉崎小春が君にウソを吐《つ》かなきゃいけないのなら、変化しないことを装《よそお》ったんだろうね」

「どういうことですか？」

「小久保明菜との亀裂《きれつ》を君に悟《さと》られないように、いつも通りの行動をとっているはずなんだけどね。でもいつも通りの行動こそが、違和感《いわかん》に繋《つな》がるはずなんだけどな……」

さて先輩の言っていることの意味が分からなくて俺は首をひねってしまう。

すると真冬先輩はくすくす笑ってこう言った。

「小久保明菜が引っ越した頃《ころ》のことを、少し思い出してみようか？」

「引っ越した頃ですか？　ええっと……」

なんかあったか？　明菜の所はバタバタしてて、引っ越しの三日前に小春と三人で個人的なお別れ会をしたくらいだ。

その後は準備だなんだで会うこともできなかった。

「──あ、でも、引っ越しの当日に明菜に時間があるかって聞かれて」

「ほう。何か話したいことがある、とでも言ってきたのかな？」

「さすが真冬先輩！　そんな感じです！」

「それで彼女《かのじょ》は何を伝えてきたのかね？」

「それが……結局会えなかったんです」

「……ほう、どうして？」

「いや、明菜からその後、また連絡《れんらく》があって、やっぱりいい、みたいな感じになって、そのまま話は流れちゃったんです。俺的にはかなり気になったんで、小春にも相談したんすけどね」

「彼女はなんて？」

「よくわからない、って言ってました。特に興味もないみたいな感じで……」

「ほう……興味なしか。親友同士なのにね」

「⁉」

先輩の言う通りだ。

そんなわけないじゃないか。なんで今まで気が付かなかったんだ。

あんなに仲のよかった、小春と明菜なのに、興味がないわけない。

「どうやら、君も気付いたようだね。彼女が違和感のあるいつも通りの行動に」

小春だけを見ていたから気付かなかった。明菜の引っ越しと含《ふく》めて考えりゃ、当然気付くようなこと。なのに俺ときたら、小春のことしか考えていなかったのだ。

「やっぱそん時なんですね！」

「そう考えるのが自然だと思うなあ。きっと某《なにがし》かの理由で二人はケンカをしたんだ。そして大貫君に合わせる顔がないと感じた小久保明菜はそのまま渡米《とべい》し、杉崎小春は口を閉ざした。中々ミステリアスな展開になってきたじゃないか？」

得意げにフフンと笑ってみせる真冬先輩はどこか子供っぽくてかわいらしくも見えた。

そんな彼女は机に頬杖《ほおづえ》を突きながら目を細める。

「それにしても、君は本当に杉崎小春しか見ていないのだなぁ」

「まあ、なんというか、面目《めんぼく》ない感じっす」

「目の前にボクのような麗《うるわ》しくて高貴で賢《かしこ》すぎる上に何をやってもトップを直走《ひたはし》ってしまう非の打ちどころのない才色兼備《さいしょくけんび》の語源となったといっても過言ではない存在がいるというのに……」

「……いやぁ、自分の事をよくそこまで褒《ほ》められますね」

「間違《まちが》っているのかい？」

「間違ってないですけど」

「そんなボクがこうやってアプローチしても、まったく靡《なび》く気がないというのには恐《おそ》れ入《い》ったよ」

「まあ真冬先輩にもう少し謙虚《けんきょ》さがあったら俺もなんか惹《ひ》かれていたかもしれませんね」

「……ほほう。なるほど。大貫君は謙虚さに惹かれるタイプか？」

「いやいや、必ずしもそうとは言えませんけど」

だって小春もそこまで謙虚なタイプじゃないし。

とはいえ先輩と話していて、ようやくわかったこともある。

小春と明菜の間に何があったのかまではわからないにしても、それがいつだったのかにはたどり着くことができた。

今までの暗中模索《あんちゅうもさく》に比べたら大きな前進じゃないか？

そんな意気揚々《いきようよう》とする俺の顔を、真冬先輩はぼんやり苦笑いで見つめるのだった。


「むぅ……」

全財産をこの世で一番嫌《きら》いな人間にかっさらわれたような不機嫌《ふきげん》顔の小春さんが我《わ》が四《よ》畳半《じょうはん》にやって来た。

明菜に会ったあの時逃げ出した小春。その後の予定も全部すっぽかしやがった。心配して何度かメールとかしたけど、当然返信はなし。

やっと現れたと思ったら、この顔である。

「なんだ小春？」

「……明菜とあの後、なんの話したの？」

彼女はじっとりねめつけるように俺に問いかけてくる。

「あー……まあ、おまえの話とか、それから明菜がこっちに一人暮らしするとか」

すると小春はびっくりしたように肩を揺《ゆ》らした。

「え!?　そうなの？」

「そんなビックリすることか？　大学進学とか考えたらそんな感じになるだろ？」

「他に何か言ってた？」

「他に……？」

そこで俺は明菜のあの不審《ふしん》な行動に思い至った。

「まあ、なんか言い辛《づら》そうなことがあるみたいだった」

「言い辛そうなこと？」

「あん時おまえ明菜見て速攻《そっこう》で姿くらましたろ？　それでなんか思い当たる節があるというか、おまえと明菜の間に何かあったっぽいというか……」

「明菜はそのこと……なにも言わなかった？」

詰《つ》め寄《よ》る小春に俺は後ずさりしながら、どうにか答える。

「結局なにも教えてもらってない」

それは本当だ。

まあ押《お》せば出てくるかもしれなかったけど、無理に聞いてもいいかどうかわからない。

「そっか……明菜、何も言わなかったんだ……」

小春は何か思い当たる節があるとばかりに気まずそうに目を泳がせる。

さてさて、どうしたものか……。でもやっぱ聞かなきゃならないよな。

「なあ、小春。おまえ明菜の引っ越しの時、なんかあったのか？」

　すると小春はビクッと肩を震《ふる》わせた。

「……な、なんで知ってんの？」

　ありゃ……ビンゴですぜ、真冬先輩。

「いやさ、なんかおかしいなってことがあったのって、ちょうどその頃だったな、ってようやく思い出してな」

「別になにもないから」

「え？」

「何にもないから、あたしにも明菜にも！」

　はてさて、その顔は何もなかったという顔なのかい？

　俺にはそうは見えねえな。

「でも小春、おまえ明菜が来た時、思いっきり逃げただろ？」

　すると小春は腕《うで》を組んでそっぽを向く。

「別に。ただケンカしただけだし」

　ケンカ⁇

「小春と明菜が？」

「そうよ。何か悪い？」

「悪かないけど、意外だなって思って。何が原因なんだ？」

「はぁ？　なんでそれをあんたに言わなきゃなんないの？」

いや別にいいけどさ……言わなくっても。

「……まあ一方的にあたしが明菜にケンカ売ったんだけどね」

そりゃまた初耳だ。

二人はずっと仲良くやって来たのを俺は知っている。ケンカする理由なんてひとつも見当たらないのだ。

「おまえがケンカってさ……なんで明菜とそんなことしなきゃなんないわけ？」

「そんなの仕方ないじゃない！　だって悟郎《ごろう》が……！」

だが最後まで言いきらず言葉を呑《の》んでしまう。

「なに？　俺、なんか関係あるの？」

すると小春は何かを思い出したかのように顔を真っ赤にしてモジモジしだす。

え⁉　なにそれ⁉

なんで明菜とのケンカで、顔が赤くなるの？

「こっち見んな！　気持ち悪い！」

小春は慌《あわ》ててジタバタしてみせる。

子供っぽい仕草もかわいいので、いつまでも見ていたいが、ここはいつも通り——。

「落ち着け、落ち着け」

「うっさい！　ばーか！　なんなのよ！」

なんなのよ、はこっちのセリフだ。

何をそんなに慌てているというのだ、まったく。

とりあえず、小春と明菜が落ち着くのを待って、それから話を再開。

「……んで、小春と明菜はなんかしらの理由でケンカして、そんで、今も顔を合わせづらいと……？」

小春は完全に俺に背を向けて、こくんとうなずく。

なるほど、そういうことだったのか。

それでも、そのケンカって中一の時のことだよね？

「もう時効だろう、それって。仲直りできないもんか？」

そう問うと小春は、皿を九枚数える幽霊《ゆうれい》が如《ごと》く恨《うら》めし気に俺を見る。

「……女のケンカってさ、一回したらもう修復ってほぼ不可能なんだよ」

そう言った小春はどこか弱々し気だった。

そういうものなのかな？

男の方はケンカしたらむしろ仲良くなることもあるんだけどな。

「むつかしいな」

「むつかしいの」

ふむ、ようやく小春があの時、突然《とつぜん》いなくなった事にも納得《なっとく》いったわけだが……。

しかし根本的な解決はまだみていないのだな、これが。

そんな小春はジッと何かを思案するように中空を見つめる。

しばしそれを待っていると、ようやく彼女はポツリと呟《つぶや》くように口を開いた。

「ねえ、悟郎」

「なんだ？」

「悟郎は明菜のこと、どう思う？」

どうって言われてもなぁ……。

「いいやつだったと思うよ。スゲェ気使いだし、周りとも仲よくやってたし……」

「そうじゃなくって……！」

小春はどこかむずがゆそうに眉《まゆ》をハの字にして身を捩《よじ》る。

言いたいことが言葉にならないかのように、彼女はしばし逡巡《しゅんじゅん》しそして口を開く。

「悟郎にとって明菜ってどういう存在って……こと」

「そりゃ、いい友達だと思ってるよ」

「それ以外は？」

「それ以外って……まさか」

俺だってここまで言われれば小春が何を言わんとするかわかるぞ。

「まさか、明菜と付き合えと、そういうことか!?」

小春は腑《ふ》に落ちない、という顔をしながらも、口からは逆の言葉が飛び出してくる。

「そう。明菜ならあんただって仲よかったんだし、それに、他の人より親近感あるでしょ？

それにさ明菜は……」

言いかけて小春は言ってはいけないことを口にしてしまったかのようにハッとして口許《くちもと》を押《お》さえる。

「それに明菜は、なんだ？」

「なんでもない！　あんたには関係ないから！」

俺の話だと思っていたら、関係ない話だったのかよ。どっちなんだよ……。

「あんたは自分のことに精一杯《せいいっぱい》になってればいいの！」

出た出た。小春の暴論。

なんか最近妙《みょう》に機嫌《きげん》がよかったから、この切れっぷりに懐《なつ》かしさと心地《ここち》よさすら感じるぜ。

ちなみに俺はＭではないんだぜ。

あしからずなんだぜ。

ま、とりあえず、帰ってきた明菜とはどっちにしてもまた仲良くやる事にはなるだろう。とはいえ、あいつにはあいつの学校やクラスの事情があるだろうから、しょっちゅう会うことなんてないだろうけど。

実際、中学の頃の奴《やつ》らとは全然会ってないしな。

俺の高校、遠いから同じ中学の奴いなくてちょっと寂《さび》しかったくらいだ。

明菜が近くの学校だったらいいな、くらいには思ったりするわけだ。

7月14日(日)

正直、明菜の気持ちは知ってる
そりゃ気付くよ！
あんなわかりやすいんだもん
どうして悟郎が気付かないのか、
ホントわかんない
鈍いってことはないと思うんだけどなあ
だって、すぐにあたしのウソとか気付くし
それに、このまえもあたしが微熱あって
具合悪いの最初に見抜いたし
ストーカーかってのｗｗ
ちゃんと見てるとこは
見てるんだけどなあ……

「あのさ、あんたの学校に一度行ってみたいんだけど」

小春《こはる》がそんなことを言い出したのは終業式も差《さ》し迫《せま》る、夏休み直前のことだった。

なんじゃろかと理由を聞いてみると、

「いいじゃない。一回くらいあんたと高校の中を歩いてみたいの！」

という赤面必須《ひっす》なセリフをいただけたのである。

なんで突然そんなことを、という気持ちもあったが、それ以上に俺《おれ》も小春と同じ校舎を歩いてみたいなぁ、という思いがあったので即《そく》ＯＫをしたわけだが……。

「ははぁん、なるほどねえ。幼馴染ちゃんは今度はそんなわがままを」

話を一通り聞いた千夏《ちか》はパックの牛乳をチューチューしながら、のほほんとそう言った。

ちなみに本日は放送室ではない。

おたがい当番ではない日なので、屋上で飯を食いながら相談に乗ってもらった次第《しだい》だ。

「まあ、でもさ、別に大丈夫なんじゃないの？」

「本当にそう思うか？」

「もし心配だったら先生に一言いえばいいと思うよ。見学に来ましたってことにすれば、そんなに問題も出ないと思うんだよね」

なるほど……それこそ来校証でも出してもらえれば、堂々と校内を歩けるってわけだ。

「んじゃ、先生に相談してみるか」

「で？　で？　悟郎《ごろう》君！　コハルちゃんはいつうちの学校に来るのだね！」

目を輝《かがや》かせた千夏に俺は無言の返答。

誰《だれ》が教えてやるものか。どうせ写真に収められて、校内放送で晒《さら》されるのが目に見えてるんだから！

「悟郎君のいけずぅ！　あーあ、ほんじゃ本人に聞いてみますかねぇ」

「え？　本人って？」

「本人は本人だよ。ほら、このまえ連絡先交換《れんらくさきこうかん》したからね」

フフンと得意げにやり取りのスマホ画面を見せてくれる千夏だが、それどう考えても明《あき》菜《な》だろう！

まだ勘違《かんちが》いが継続《けいぞく》してたの⁉

やり取りの様子をザクッと見た感じ、ギリギリの綱渡《つなわた》りで千夏の勘違いに拍車《はくしゃ》がかかる内容となっていたのである。

正直、このまえの再会の時から時間も経《た》ってるし、誤解は解けたものかと思っていたが
そうは問屋が卸《おろ》さないのであった。

う〜ん、どうしよう。どう説明したらわかってくれんの⁇

そんなこんなで、放課後となり俺は帰り支度《じたく》をして岐路《きろ》に就《つ》こうと教室を出る。

今日は放送委員も生徒会もないのでまっすぐ帰宅だ。

そういえば千夏に明菜の連絡先を聞いておけばよかった。

明菜からも協力してもらって、千夏の誤解を解かなければ。

そして件《くだん》の小春とのことについてもちょっと話さなきゃ、なんて考えながら下駄箱《げたばこ》へと
向かう途中《とちゅう》、ふと職員室から出てくる少女と目が合い、思わず足を止めた。

「……あれ……明菜？」

「あ……悟郎ちゃん」

そう、ちょうど考えごとをしていたその張本人が目の前に現れたのである。

「え、あれ？　どうして明菜がここに？」

すると彼女は胸の前で手を結び、モジモジとしながら上目遣《うわめづか》いにこう言った。

「実は……夏休み明けから、ここに編入することになってて……」

そうか……アメリカの学校ってこっちの夏休み明けからだから、編入するとなるとそういう時期になるのか。

「言われてみればなるほど。でも明菜がこの学校とは……」

すると明菜も顔をパァッと明るくする。

「うん、私も驚《おどろ》いたよ！　悟郎ちゃんと同じ学校なんて！」

「もしかしたら同じクラスになるかもな」

「へへ……そしたらうれしいなあ。でも八クラスあるんだよね？　一緒は難しいかな？」

そうやってはにかんで見せる明菜は、なるほどたしかにかわいい。

大概《たいがい》の男ならこの笑顔《えがお》にノックアウトされるのは請《う》け合《あ》いだ。

「悟郎ちゃんは今から帰り？」

「ああ」

「……えっと……あんまり時間とか……ないよね？」

「ん？　別に大丈夫《だいじょうぶ》だけど」

今日は雑務がいっさいないしね。

「そ、そうなの？」

「ああ。何もないから帰ろうとしてたとこだ」

「じゃあ……えっと……学校……」

「ん？」

もじもじする明菜は意を決したように顔を上げる。

「学校、案内してくれないかな！」

「ああ、もちろん構わないけど」

そんなに見るところもないというか、迷うような構造でもないし。

「なんか、見ておきたい部活とかあんのか？」

「ううん、そういうんじゃなくて……休み明けから通う学校の雰囲気《ふんいき》だけ、うん、雰囲気だけ知りたいっていうか……」

なるほど、どこを見たいとかそういう事ではないようだ。

たしかに俺も入学前に、学校内がどんな雰囲気か知りたいって思った覚えがある。

実際には身体《からだ》がしんどくて見に来なかったけど。

「なるほど。んじゃ、適当に校内回ってみるか？」

「うん！　ありがとう！」

明菜はこちらが恥《は》ずかしくなってしまうくらいに無防備な笑《え》みを浮《う》かべた。

なんてぇか……昔より積極的になったっていうか……すごく明るくなったな。

もう外はすっかり夕暮れ。

校舎の中は電気でもつけなきゃちょっと薄暗《うすぐら》いくらい。

グラウンドの方ではまだまだ運動部の声が聞こえてくるが、校舎内はひどく静かだ。

文化部はそれぞれ部室棟《とう》のほうで活動しているから、まあそれも仕方ない。

俺と明菜はそんな校舎の中を肩を並べてぶらぶらと歩いて回った。

「そういえば明菜はどこに住んでるんだ？」

「えっとね、この学校の近く。前は悟郎ちゃんと同じ団地だったけど、今は出ちゃったから」

「そっか。んじゃ、帰りは安心だな」

「うん……でも、一人暮らしだから、ちょっとまだ怖《こわ》いかな」

そりゃそうだよな。

俺だって、まだ一人暮らしなんて想像がつかないもの。

「ならはやく友達作って、家に呼んだりしないとな」

「そうだね。でも、夏休み中はずっと一人かな」

「だったら、この前の千夏とか呼んだらどうだ？　連絡先交換したんだろ？」

「あ、そっか！　千夏さんもこの学校だもんね」

「おう。しかもあいつ人懐《ひとなつ》っこいから、明菜が一人暮らしてるなんて聞いたら、遠慮《えんりよ》なしにすっ飛んでくるぞ」

「あはは、たしかにそういう感じの人だね。私もこの前、初めて会ったばっかりなのに、すごく仲良くしてくれて」

「あいつはそういうタイプだからなあ。入学してすぐにクラス中と仲良くなっちまったしな」

「いいなぁ。私はちょっと人見知りしちゃって、すぐにはああいう風には出来ないなあ」

「千夏が特殊《とくしゆ》なんだと思うけどな。まあ、夏休みの間でも、寂しくなったらあいつに連絡するといいよ」

「うん、そうするね！　……………あと」

「ん？」

「えっと……あの……」

明菜は急にモジモジとしだしてしまう。

「どうした？」

「えっとね、あの、悟郎ちゃんも……来てほしい……かな」

え？　なにが？

「あの……私のうちに遊びに来てくれたら……うれしいかなって」

その言葉っ！　破壊力《はかいりょく》でけえなっ！

少なからず、彼女もできた事のない高校生男子には赤面必須のセリフだよ！

下心がなくたって一発ノックアウトだ。

俺が何も返さずにいると、明菜は急に恥ずかしそうに手を横にブンブン振《ふ》った。

「あ、あ、別に嫌《いや》だったらいいよ！　ごめんね！」

「いやいや！　い、行くわ！　なんか飯とか持って！　えっと、あの、千夏とかティッシュとかも連れて！」

あぶねえ、あぶねえ。

俺が変な勘違いするところだったぜ。

なんか、すげぇこっぱずかしくなっちまって、こっちが動揺《どうよう》してしまった。

できれば小春を連れて――と、言いたいところだったが、でも、その言葉は寸での所で呑み込んだ。それはやっぱり、この前の明菜の事、そして先日の小春の言葉が頭にこびりついていたからだ。何が原因かは教えちゃくれなかったが、でも二人がケンカしてしまった事実に変わりはない。

と、その時であった。

俺はふと、背後に気配を感じて振り返《かえ》った。

だが廊下《ろうか》は先ほどと変わらず誰もいない。

明菜が不思議そうに小首をかしげた。

「どうしたの？」

「ん、いや、今誰かいたような……」

「……え？」

急に明菜が怯《おび》えたような表情で身を竦《すく》める。

「ああ、悪い。気のせいだ」

「え……おばけじゃないよね？」

「なに言ってんだ。そんなウワサ聞いたこともねえし」

「そ、そうだよね。うんうん」

自分に言い聞かせるように明菜はそう口にしたが、思いっきり俺の腕にしがみ付いている。

あと腕に柔《やわ》らかいものが当たっている。

ありがとう！　そしてありがとう！

俺はこの柔らかさを一生忘れない！

いやいや、そんなことにうつつを抜《ぬ》かしている場合じゃない。

俺の発言で明菜を怖がらせてしまったのだ。

昔から怖がりだったことを鑑《かんが》みれば、余計なことを言ってしまったと反省しきりだ。

だが、さらにその後——。

カツン。

後方で、何かに躓《つまず》いたような音が聞こえた。

やっぱり間違いない、誰かが後ろを付けている。

俺は即座《そくざ》に振り返った。

「え、え？　どうしたの悟郎ちゃん？」

振り返ると同時に、曲がり角から飛び出した一眼レフカメラを持つ人物に目を留めた。

「………あ」

「………おう」

大庭《おおば》千夏である。ごめん、そうなんじゃないかと思ってた。

「おまえ……何してんの？」

「い、いやぁ、奇遇《きぐう》ですなぁ」

「奇遇っていうか……いつから付けてた？」

「んふふ……そのまあ、『夏休み直前特番・学校の七不思議を追え』企画《きかく》でたそがれ時の校舎に幽霊の姿を探しておりましたら、幼馴染《おさななじみ》同士の密会の現場に遭遇《そうぐう》してしまうという僥倖《ぎょうこう》に恵《めぐ》まれまして」

「また最初からじゃねぇか……あのな千夏。この娘《こ》は小春じゃなくって……」

「をいをいをい！　悟郎君！　もうそんなウソはいいのだよ。ごまかさなくても全部バレてますから。そこまで悟郎君はあたしに幼馴染ちゃんをひた隠《かく》しにしたいのですかね？」

こいつ、ダメだ。どうしたら信じてくれる。

「いいか千夏。この娘をよく見ろ」

「うん」

「小春ってどんな見た目か、おまえに何度も話したよな」

「ええ、そりゃあもう！　根掘《ねほ》り葉掘《はほ》りね！　まず、背がちっちゃくって……おや？」

お、気付いたか？　明菜は平均身長より高いのだ。

「それから？」

「そ、それから……どちらかと言えば幼児体型というか、お胸が慎《つつ》ましやかで……おや？」

そうだね。明菜はドカン、バインだね？

「さらには？」

「私立の女子高に通って…………おやや⁉」

わかるね？　今、明菜はこの高校の制服を着ているね。夏休み明けからここに通うからね。

もう答えは出ましたね？

千夏はポンッと手を打つ。

「なるほど！　急激な成長期が来た上にコスプレ趣味《しゅみ》があったと！」

「なんでそうなる‼」

どうしておまえというやつは、自分の都合のいい方に取るのだ！

「ち、違《ちが》うのですかい、悟郎君？　結構な名推理だと思ったのだけど……」

「ガバガバの迷推理だよ！」

「では悟郎君が幼馴染ちゃんの誤情報を流していた？」

「そんなことをして俺になんのメリットがある？　おい、明菜も言ってやってくれ。おまえは小春じゃないよな？」

するとキョトンとしていた明菜はハッとしてそれにこたえる。

「え、はい。私、小春ちゃんじゃないです。小久保《こくぼ》明菜と申します」

遅《おそ》すぎる自己紹介《しょうかい》に、千夏はぽかんとしてから眉間《みけん》に皺《しわ》を寄せた。

「………ウソを吐《つ》いているように見えないのが逆に怪《あや》しい？」

「おまえ絶対混乱してるだろ」

まあ冷静になればわかることだ。彼女が小春じゃないことくらい。

「そ、それじゃ悟郎君！　あたしが今まで追っかけてきたのは、特大スキャンダルじゃないのですかい!?　あれやこれや聞き出《だ》して書いた記事は無駄《むだ》になってしまうのですかい!?」

あぶねぇ……こいつが書いた勘違い記事が校内放送で読み上げられることになったら大事になるとこだったぜ。

すると千夏は明菜に向き直り、

「いや、ちょっと待てくださいな。えっと明菜ちゃんだよね」

「はい、そうです」

「この前まで話してくれたのとは別に、コハルちゃんがいて、それで君はその彼《かれ》のことがアレで、それでコハルちゃんはその彼が………うおおおおお！　来たあああああっ！」

な、なにが来たのだ！

「ちょっとちょっと！　学校の七不思議どころじゃないじゃないですか！」

「ってか、なんだよその学校の七不思議って……俺聞いたこともないぞ」

「いやね。最近、たそがれ時になると出るんですって」

ごくり……。マジで？

「な、なにが……出るの？」

「そりゃ、お察しのアレですよ。薄暗くなり始めた校舎の中を音もなく歩き回り、人の背後に立ったり、少し遠くからジッと見つめている気配がしたり……」

夕暮れの雰囲気も相まって俺も明菜も背筋がゾクッとしてしまう。

「しかもその気配はジッと見つめていたかと思うと、おもむろにカリカリと音を出したり、時にはパシャリ、パシャリと音を立てて発光現象を引き起こしたりするという……」

「それはおまえだろっ！」

「うおおう！　驚いた！　なにその怪談《かいだん》の最後にビックリさせる系のやつとか、やめてくださいな！」

「いやいやいや！　千夏が学校の七不思議になってんじゃねぇか！」

「え⁉　ウソッ⁉　ホント？　これも使えるかな……」

急に考え込みながらブツブツ言いだす千夏。いやぁ、こいつホント青春をすべて部活に捧《ささ》げてるなあ。楽しそうで何よりだよ。

と、その時、ちょうど千夏がさっき隠れていた壁《かべ》のあたりから何者かの視線を感じた。

「ん？」

そちらを見るが誰もいない。いや、でも確かにこっちをジッと見る視線を感じたような。

俺があらぬ方向を凝視《ぎょうし》しているのに気付いた明菜が、おっかなびっくりという様子で裾《すそ》を握《にぎ》る。

「ど、どうしたの、悟郎ちゃん？」

「あ、いや。今そこに誰かいたような……」

「……え？」

明菜と千夏が同時に固まった。

「そ、そうなのですかい？　全然気づかなかったんですけど！」

「ご、悟郎ちゃん、見間違《みまちが》いじゃないの？」

「いや、確かに……」

俺は曲がり角のところまで行くと、さらにその先の突《つ》き当《あた》りの壁の向こうに隠れるセーラー服の裾を一瞬《いっしゅん》見た。

「ほら、やっぱ！」

「え!?　え!?　悟郎君！　どこだい!?　どこにいたんだね！」

「わ、私なにも見てないですから！　ぜんぜん見えてないですから！」

一同、大パニックである。だが、俺にはその正体がなんとなくわかった気がする。

うちの高校の女子はセーラー服ではない。

ブレザーだ。

というか、あのセーラー服は俺の知っている女子高指定のものに間違《まちが》いない。

「明菜、千夏、ちょっと待っててくれ」

「え？　でも……」

明菜は明らかに怯えた表情で俺の腕に縋《すが》りつく。

「安心してくれ。おばけじゃない。いたずら好きな友達だよ」

「……そうなの？」

「ああ、ちょっと懲《こ》らしめてくるから」

すると千夏が一眼レフを握りしめ鼻息を荒《あら》くする。

「ならばこのあたくしめも！」

「いや、千夏もここで待っててくれ。たぶん、俺じゃないと話聞いてくれない気がする」

そう言い置くと二人を残して俺はセーラー服が消えた角を曲がった。

曲がってすぐに、俺の感じていた気配の正体が、目を丸くして立っていた。

「ちょ、え、なんで？」

なんでっておまえなあ……尾行《びこう》がへたくそ過ぎんだろうが……。

「何してんだよ、小春」

「……うぅ」

そう、そこにいたのは、俺のマイ・フェイバリットな幼馴染、杉崎《すぎさき》小春だったのである。

「なんでこんな所にいるんだ？」

すると小春は口許をキュッと窄《すぼ》めて視線を逸《そ》らす。

「別に……悟郎と明菜が一緒《いっしょ》にいたのがたまたま見えて」

そうか、そうか。

知り合い二人が歩いてるのを見かけたら、そりゃ後付けてみたくなるわな――ってそこじゃねぇ!!

「なんで、たまたま見かけた場所が、他校の校内なんだって話だ！」

「うぐぅ！　いや、だから！」

しどろもどろし始めたぞ、こいつ！

まあ小春から一度俺《おれ》の学校に行ってみたい、という話を聞いていた立場としては、彼女《かのじょ》がここにいる理由にもじゅうぶん察しが付く。

「我慢《がまん》できなくなったのか？」

「うう……そうじゃないんだけど……」

「もうちょっと待っててくれれば、入校許可とかとったのに」

「べ、別に今日来ようとか思ってなかったから！　本当は夏休みに一緒に回ろうと思ってただけだから！」

そう思っていた小春さんがどうして今日ここにいるんですかねぇ——なんて意地悪な質問をする気はない。

俺は縮こまる小春の横に立って尋《たず》ねた。

「あのさ、わかってると思うけど、そこに明菜がいるんだ」

小春は何も言わずつま先を見つめる。

「夏休み明けからここに通うことになったそうだ。大学受験のためだってさ」

「……そう」

「あのさ、ものは相談ってほどのものじゃないんだが……」

「………うん」

「少し話してみないか？」

しかし小春は泣きそうな顔でうつむき、首を横に振るだけだった。

どうも気詰《きづ》まりになってしまう。

二人の間にどんなケンカがあったのか、どうして起こってしまったのか、俺には皆目見当《かいもく》もつかない。だからかけるべき言葉を見失ってしまい、結局口にできたのは、

「嫉妬《しっと》した？」

「するわけないでしょ！　バカなんじゃないの？　バカでしょ！」

いつもの調子で怒《おこ》り出す小春に、俺は心底安心してしまうのだった。

う～ん、小春に罵倒《ばとう》されて心穏《おだ》やかになるとか、俺の性癖《せいへき》を少し考え直さないといけない時期に差し掛《か》かっているのかもしれない。

でもまあ、やっぱ元気な小春の方が俺は好きなのだ。

それで出てくる言葉が罵倒であっても。

「嫉妬してくれてもいいんだからね！」

「キモイ！　吐《は》き気《け》がするわ。あんた今日から吐瀉物《としゃぶつ》って名乗りなさいよ」

「母さんがイジメの心配するからそれはキツイなあ」

小春はムッツリとしながら、腕組《うでぐ》みでプイッとそっぽを向く。

「もう、あたしのことはいいから！　とにかく明菜たちのとこに戻《もど》りなさいよ！」

そうだった！　明菜と千夏を置き去りにしてしまった。

まったく、小春となると周りが見えなくなるのだから厄介《やっかい》だ。

「よし、戻る！」

「はいはい、早く行け」

「小春もあんまその格好でうろうろしすぎるなよ。教員に見つかったら問題になるぞ」

「わかってるっての！　見つかったことなんて一度もないから！」

あっ、そう。そこまでスニーキングスキルが高いなら心配しないけどな。

「だけど、その前に」

「なによ？」

「小春！　おまえと明菜を絶対、仲直りさせるからな！」

「っ⁉」

ビックリする小春は目を丸くして、それからむず痒《がゆ》そうに目を伏《ふ》せた。

それを見て俺は確信した。

小春は明菜と仲直りしたいと思っている。だから後は俺にできることをやるしかない。

俺はそう決意して急いで明菜と千夏の下《もと》に帰った。

そこでは身を縮こまらせる明菜と、興味津々《きょうみしんしん》の千夏が待っていた。

「すまない、お待たせ」

「大丈夫だった？　お化け……じゃないよね？」

「お化けだったのなら撮《と》らせてほしいのだけど、その辺、どうなんだね？」

「お化けじゃないよ。よく知ってるやつだった。まあ、出てきたがりじゃないみたいだから、そのまま帰したけどさ」

するとと千夏ががっくり肩《かた》を落とす。

「なんだね……せっかくの七不思議かと思ったのに」

「そりゃご期待に添《そ》えずすまんな。ってか、千夏が七不思議のひとつになってんだから、自分を取材したらどうなんだ？」

「おお、その手があったね！　よっしゃ、自撮り棒を用意してそれから……」

と自分の世界に入ってしまった千夏を見送り、明菜に向き直る。

「ほんじゃ行こうか」

「うん。でも、本当に大丈夫だったの？　友達とかじゃないの？」

「ああ、いたずら好きな友達だ。いずれ明菜にも紹介《しょうかい》する。きっとまた仲良くなれる」

「また？」

そんなこんなで校内を明菜とぐるぐる回って、帰路に就く。

その後、話した事と言えば他愛《たあい》のないことばかりだった。

「そういえば千夏さん。あの人、おもしろい人だね」

「おう、そうだろ？　あれからなんか話ししたのか」

すると明菜は急に恥ずかしそうにはにかんだ。

「いろいろね……話しちゃったかな……」

「なに、話したんだ？」

「悟郎ちゃんはいいの！」

な、なぜだ……。俺が聞いたらまずい内容なのか？　悪口か？　俺の悪口なのか？

まあ、どんな内容にしても明菜が物怖《ものお》じせずに話せる相手が出来たということは、とてもいいことだ。

明菜は小学校の四年生になったばかりの時に引《ひ》っ越《こ》してきて、それからしばらくクラスになじめずにいた時期がある。

もちろん小学校のクラスメイトが意地悪な奴らだったという訳ではなく、みんなも明菜がどんな感じか探《さぐ》り合っていたのだ。

「なんだか思いだしちゃうよ。転校してきた時、悟郎ちゃんと小春ちゃんが最初に話しかけて来てくれた時のこと」

「そういえばそうだったな」

「私全然喋《しゃべ》れなかったけど、悟郎ちゃんと小春ちゃんが交互《こうご》に喋って、ああこの二人はすごいコンビなんだなぁって思ったんだ」

漫才《まんざい》コンビというにはおこがましいが、まあ息があっていたのは確かだ。

とにかく俺が言葉に詰《つ》まると小春がフォローし、小春が詰まると俺が滑《すべ》り込む。

気まずい沈黙《ちんもく》にならぬように必死になって二人して話してたら、ようやく明菜が笑って、んでそれから三人よく一緒に過ごすようになった。

「だからね……私、後悔《こうかい》してるんだ」

唐突《とうとつ》に挟《はさ》み込まれた言葉に俺はギョッとした。

「なんだよ後悔って？」

「それは、ほら……小春ちゃんとケンカしちゃって」

そう言った彼女は遠い過去を思い出すように、虚空《こくう》を見つめていた。

「私が原因だったんだ」

「え？」

彼女はちょっと寂しそうに微笑《ほほえ》んだ。

「私が小春ちゃんに無理なこと言っちゃったの。わかってたのに、でも隠しておくのが難しくって」

いやでも待てよ……。

「小春は自分がケンカを売ったって言ってたけど……」

「へへ……小春ちゃんならきっとそう言うだろうね。だってやさしいもん。自分が悪くなくたってそう言っちゃうよ」

なんてこった……。

幼馴染だとか、気心知れてるとか、あいつのウソくらいはわかるとか威張《いば》っておきながら、そんなことにも気付かないとは。

「なあ、いったい何が原因で……」

言いかける俺は思わずそれ以上の言葉が口に出来なかった。

明菜が唇《くちびる》に人差し指を当て、

「言えません。小春ちゃんのためにも、それに私のためにも」

ずるいなぁ……それ言われたら何も聞けねえや。

「そういえば最近、小春ちゃんは元気？　高校はどこ？」

「ああ、あいつは親と話し合って私立の女子高に行ってるよ」

「女子高かぁ……小春ちゃんとは離《はな》れ離《ばな》れになっちゃったんだね」

「でも、毎日、俺んちに遊びに来てるから、そのうち明菜も来いよ」

すると明菜はちょっとシュンとしてしまう。

「……また話せるかな？」

「もちろんだ！　小春もそれを望んでる！」

「そうなの？」

「素直《すなお》じゃないがな。それは明菜もよく知ってる通り」

「あはは、そうだね。小春ちゃん、意志が強いもん」

「オブラートに包《つつ》んだなぁ……」

「別に包んでません。小春ちゃんの長所です」

小春の代わりに胸を張って得意げに言う明菜。

それはどこか誇《ほこ》らし……胸でけぇな！

なんか要《い》らんこと言うのどうでもよくなった。

「明菜……成長したな」

「え？　なに急に？　でも……おっきくなったかな？　中学の頃《ころ》はチビだったしね」

「ああ……おおきくなった」

どことは言わないけど、言えないけど、言ってなるものか。

「あ、そうそう、悟郎ちゃん」

「ん？　なんだ？」

明菜はなにかモジモジしながら、聞くべきか聞かざるべきか悩《なや》むように視線を泳がせた。

「あのね……えっと……小春ちゃん、最近、その……どう？」

「最近、どうとは？」

「その、えっと……言っちゃっていいのかな……いや、でもまだだったらいけないし……」

「なんか気になることでもあるのか？」

「あ、あのね！」

「おう」

「小春ちゃん、恋《こい》とかしてたり……してる――かな？　――悟郎ちゃんっ⁉　なんで急に蹲《うずくま》っちゃうの？　お腹《なか》痛いの？　亀《かめ》の子《こ》たわしみたいになってるよ！」

こやつピンポイントで急所を突いてきやがった！

「そ、そ、そうね。まあ、恋とか、してる、みたいね……」

「え⁉　あ、そうなんだ！　悟郎ちゃんもそのことは知ってるんだね」

なに？　なんでそんなうれしそうなの？

「えへへ……ええっと、悟郎ちゃんは、その相手知ってる？」

「いや、知らねえけど、でも、そういうのがいるってのは本人から聞いた」

「そっかそっかぁ、小春ちゃん、勇気出したんだなぁ」

え⁉　やっぱなんか知ってやがるぞ、明菜め！

明菜も知っている人間？　ということは同じ中学？

誰《だれ》だ？　秋山《あきやま》？　小笠原《おがさわら》？　小助《しょうすけ》？　伝次郎《でんじろう》……いや、考えるな。

心が爆散してしまうぞ。

ここは無難に話して終わらそう。

「……なんてぇか、小春にそういう相手がいるってことは聞いてる」

すると明菜は何故《なぜ》か目を逸《そ》らした。

「……そうだねぇ、きっと小春ちゃんにも好きな人くらいいるかもね」

なんだその反応は？

「相手はどこの誰なのかもわからないんだけどな」

「いやいや……よく知っていると……私は思うけどぉ……」

「…………明菜、やっぱなんか知ってるな？」

すると明菜は突然《とつぜん》バッと顔を上げて、ブンブンブンブン顔を振る。

「知らない知らない知らない！　私は何も知らないよ！」

明らかな不自然さである。

ってか、こいつも小春同様、あまりウソが得意な性質《たち》ではない。

俺《おれ》は藁《わら》にもすがるような思いで明菜の肩を掴《つか》んだ。

「明菜！」

「はひぃ！」

「なんか知ってるなら教えてくれ！」

「知らないよ！　なにも知らない！」

「おまえ嘘《うそ》吐くとき全力で目を見開くのな」

言った瞬間《しゅんかん》に明菜は目をショボショボさせて見せる。

なんという白々しさ！

「たのむ、明菜！　なんか知ってたら教えてくれ！　小春の相手が……仮に教師とか、いけ好かない奴《やつ》だったとしてもだ！　俺はそれでも構わないと思っている。ただ小春の力になりたいだけなんだ！」

すると明菜は俺の目を真直《まっす》ぐに見て、それから視線を落とし胸の前で掌《てのひら》を結んだ。

「……へへ……悟郎ちゃんは変わらないなあ……」

「なにが？」

「ううん、なんでもないよ。でも、うん、そっか……小春ちゃん、なんか悩んでるんだね。

きっと……」

「ああ。それは確かだと思う。なんか俺にも話せないようなことを抱《かか》えてる。あいつは俺になんか話したくないかもしれねえが、それでもわかっていて放ってなんかおけねえ」

それを聞いた明菜はくすぐったそうに笑った。

「……なんだ？」

「ううん。思い出しちゃっただけ」

「なにを？」

「むかし、小春ちゃんと一緒に、私に必死で話しかけようとしてた時の悟郎ちゃん」

おいおい、それって小学生から成長してねえってことか？

さて、それはなんじゃろか？

「なんか、余計に迷宮《めいきゅう》入りしちまったような気がするな……」

「そうだね。私も、もう一度小春ちゃんと話したいけど……」

女の子同士のケンカは修復が難しい――小春の昨日の言葉が、急に重く圧《の》し掛《か》かった。

過去の事はさっぱり水に流す、ってのは男の中の話なのかねえ。

小春の謎《なぞ》は、振り出しに戻ったのだった。

4月17日(火)

悟郎のクラスに行ってきた!

あ〜〜!

明菜め!うらやましい

まさか悟郎といっしょとは……

これはクジ運?

それとも、別の何かがあるの?

う〜〜いいなあ、次は悟郎と

いっしょのクラスがいいなあ

第8話

仲直りをしよう！

「明菜とはあれからどうだったの？」

帰る早々、俺の部屋で小春はたいへん不機嫌そうな顔で出迎えてくれた。

やっぱり来ていたか……。

ってか、おふくろもいい加減小春が来ている時は一言いってくれよ。

「どうって、あの後一緒に帰っただけだぞ。世間話をしたくらいだ」

「世間話って？」

「おまえのことが多かったな」

すると小春は少し気まずげな顔をする。

「……そう」

実際そうだったからな。だがここで俺はちょっと気がかりだったことを小春に聞いてみる。

そう、当然、小春のお相手についてだ。

No! No!
No chance!
I love you!

「そういえばずっと聞いてなかったけどさ」

「なに？」

「おまえの付き合ってる相手って誰？」

「……えっ!?」

小春、突然のフリーズ！

明菜も知っている、という雰囲気《ふんいき》だったことを鑑みれば、俺も知っている奴の可能性が高い。っていうか、同じ中学のやつでは、と考えている。

でもなぁ……中学の時、小春ってあんまり男子と絡《から》むことってなかったんだよな。

とはいえ、男子から人気があったのも事実。

黙《だま》ってたら、確実に美少女である事は間違いないのだ。

あのツンケンした罵倒の数々を浴びせかけられる俺を羨《うらや》ましがるやつは確実にいたし。

頭おかしいな、とは思ってたけど。

「それって、俺の知ってる相手だよな？」

「ええっと、あの、別に、知らない？　んじゃないかな？」

わかりやすいやつめ。

小春のウソは本当にわかりやすい。

「とにかく！　別に相手が誰だっていいじゃない！　悟郎《ごろう》には関係ない事でしょ！」

まあ、関係ないと言えば関係ないな。

「ああして一緒にデートコースまで考えたんだし、どんな奴なのかなって気になってな」

「なんで急にそんなこと気にすんのよ！　なに？　もしかして明菜から何か聞いたの？」

聞いたといえば聞いたような。

ってかさ、ずっと気になっていることもある。

それは前にティッシュが呈《てい》した疑問。

毎日毎日、学校終わったら俺よりも早くここにやって来る小春。

そりゃ、俺が遠い学校に通っていて、小春は近くの女子高だから距離《きより》的《てき》に考えたら小春の方が早いのは自明の理。

でもさ、こいつ放課後何もしてないの？

しかも彼氏《かれし》もいるんだろ？

なのにこんなに早く帰ってこられるものなのか？

もしかして小春……ホントは……。

俺はその疑問を口にすることもできず、そのまま呑《の》み込んだ。

「へぇ、ついに君がねぇ」

真冬先輩《まふゆせんぱい》は生徒会室の書類をファイルに納めながら、興味なさげにそう言った。

俺はがっくり肩を落としながら、作業効率悪く書類をバインダーに留めていく。

「しかし大貫君《おおぬき》が聞きもしないのに、自らボクに話すなんて珍《めずら》しいね」

俺が溜息《ためいき》混じりに真冬先輩に目を移す。

「これ……どうなんでしょうね？　やっぱ小春に彼氏がいるってのが、ウソなんじゃないかって思えて仕方ないんです」

「ウソでもウソじゃなくても、杉崎《すぎさき》小春の行動は理にかなっていると思うね、ボクは」

どこをどう見たらそうなるんですか……。

「そもそもですよ。仮に彼氏がウソだったとして、どうして小春がそんなことを言ったのかってことですよ」

「そうだね。君はなんで彼女がそんなウソを吐いたと思うんだい？」

「……俺に新しい彼女を作らせるため——ですか？」

「それは結果に過ぎないだろう。結果はこの際どうでもいいことなのだとボクは思っている。そこに行くまでの過程にこそ、彼女が求めた物があるんじゃないのかな？」

先輩、マジさっぱりっす。

「まあ渦中《かちゅう》にいる人間にはいつだってそういうものさ。……ちなみに君はその杉崎小春の家へは最近行ってないのかい」

「いやぁ、中三の冬くらいから行かなくなっちゃいましたね。だってほら、女子の家に上がり込むのってなんか意識しちゃうじゃないですか」

「まあそうだろうね。君は杉崎小春の部屋には行けない。これはボクでもわかっている」

「変な事ばかりわからんで下さいよ」

「変なことじゃないんだけどね。連絡《れんらく》はしてみたのかい？」

「一応メールは」

「返信は？」

俺はアメリカホームドラマみたいに大げさに肩を竦《すく》めてみる。

「だろうね。返信がきたら、それは奇跡《きせき》だろう」

「……真冬先輩、俺を慰《なぐさ》める気あります？」

「あるさ。でもね、今は事実の確認《かくにん》が重要だからさ。事実を受け止めた上にこそ、慰めにも意味が出る。そうだろう？」

「俺には事実を受け止める勇気がないっす」

「そりゃそうさ。傷は時間が癒《いや》してくれるのだから」

全部受け流しやがるのである。

なんで俺はこの人に相談しちまったんだ……。

「でもね、最初に相談する相手をボクにしてくれたのは慧眼《けいがん》だよ。君のために今ならできるアドヴァイスがある」

「なんですか？」

「君はこのまま杉崎小春から卒業するって事さ」

「いやだぁぁぁ！」

「そんな泣かないでよ。いい機会だと思うよ」

「ふぇぇぇ！　小春ぅぅスキダァァア！」

真冬先輩は顔に手を当て、やれやれとばかりに頭《かぶり》を振《ふ》る。

そして大きく手を広げ、

「まあ泣きたいのなら、ボクの胸でお泣き」

「ヤダァァア！　先輩の胸平たいぃぃ！」

「その言葉、宣戦布告と受け取る！　覚悟《かくご》するがいい！」

「ごめんなさいぃぃ！」

俺は感情の赴《おもむ》くまま、生徒会室を飛び出してしまったのである。

どうやら俺は自覚している以上に、この事態に心乱されているようである。

真冬先輩に相談したけど結局何の解決も見る事無く終了《しゅうりょう》。

クラスでぐったりしていると、そこへ千夏《ちか》がやって来た。

「やあやあ、悟郎君。ちょっといいですか？」

「なんだ？」

「大ニュースですよ、大ニュース！」

「へえ……明菜がここに転校してくるとか、そういう感じのやつ？」

「当てやがったよぉぉぉぉっ！」

当たっちゃったのかよぉぉ！

「なんで知ってんですか悟郎君？　もしかして明菜ちゃんと連絡とりあってんの？」

「ああ、多少。ってか、昨日その手続きに来てただろう。ここの制服着てんの見て、転校してくると思わない方がおかしいだろう」

「くっそ！　悟郎君は気付かないと思ってたのに！」

どんだけ俺の目は節穴なんだよ……。

「もう！　そういう事は早く言って下さいな。報道の権化《ごんげ》、大庭《おおば》千夏が徹底《てってい》取材しますから！　帰国子女の転校生！　もうこれだけでトップニュースですよ！　これで新聞部を出《だ》し抜《ぬ》いてやれます。ゲヒヒ……」

「顔が汚《きたな》くなってるぞ」

「いいんです！　ところで悟郎君、実はその明菜ちゃんには重大な秘密があるんですよ」

なんだ秘密って？　まさか……。

「実は明菜ちゃん……」

ゴクリ。

「——一人暮らしなんです」

「知ってる」

「知ってんのかぁぁ！」

っんだよ！　明菜の秘密なんて言うから小春に関《かか》わる事か思ってみたら、そんなことかよ。

「……悟郎君は明菜ちゃんの何なんですか？　明菜ちゃんの部屋にはもう行ったんですか？　一発ヤッたんですか？」

「ガバ子、人聞きが悪すぎだ。そんな訳ないだろ。昨日、そういう話をしたってだけだ。まあ、あいつも夏休み明けまで一人で心ぼそいだろうから、遊びに行ってやってくれ」

「うふふ！　実は話の本題はそこなのです！」

「本題？」

「そう！　今度、明菜ちゃんの家に遊びに行くのですよ！」

「ほほう」

「で、悟郎君も一緒にどうだね？　って話なのさ」

「俺も？　なんで？」

「それは……フヒヒ……理由までは教えられませんあ」

なんでだよ、そこは教えてくれよ。

「まあまあ、悟郎君！　君は絶対来てくれたまえよ！　女の子の一人暮らしの家に行くのがハードル高いのならティッシュ君も誘《さそ》っておくからさ」

「そうか？　うん、まあ、そういうことなら」

なんか、彼女から妙《みょう》な作為的《さくいてき》なものを感じるが、まあ、この際いいだろう。

どちらにしても、一度は明菜の所に行こうと思ってたし。

そんなわけでさっさと家に帰ろうとしているところへ、当の比嘉《ひが》――もといティッシュがあらわれる。

「やあ、悟郎！」

「おうティッシュ」

「その二つ名も定着したのだな！」

「渾名《あだな》だよ」

「そうか……だがそれも悪くない」

「いやぁ、おまえが意外にもその渾名を気に入っていることに驚《おどろ》いてる」

「フフフ……まあ、この二つ名を得てからミステリアスさが増したような気がするんだ」

気のせいだ、それは。

「ところで大庭さんから、今度女子の部屋に遊びに行くという誘い、聞いてるな？」

「ああ。俺の中学の頃の同級生だ」

「ふむ……俺に惚《ほ》れたりする心配はないかな？」

こいつの心配はホントむかつくわぁ……。

「その時は全力で俺が阻止《そし》するから、心配するな。こんなバカに俺の友達が誘惑《ゆうわく》されたらと思うだけ首括《くく》りたくなるからな」

「そうか、フォロー頼《たの》むぜ！」

ぶっちゃけ口を開けばここまで残念なんだから、大丈夫《だいじょうぶ》だと思うけどね。

「ところで悟郎と中学が同じなら、例の悟郎の好きな女も同じ中学だろう？」

「ああ、小春ね。仲良かったよ。まあ、今はいろいろあって、ちょっと折り合い悪いみたいだけど」

「ほう……なら連れて来て仲直りさせればいいじゃないか」

ポカンとした。

こいつ何言ってんだ、と思いかけるも、それをすぐさま振り払《はら》う。

「そうか！　たしかにそうだ！　すまん、俺、おまえのこと、ホント救いようのないバカだと思っていたが、考えを改めるよ！」

「そうか。まっ、俺に惚れるなよ」

二本指をビシッとしてウィンク。

やっぱ、こいつバカだ……。


んなわけで、俺は急いで自宅へと帰る。

駅から家までは自転車なら十分。

商店街を抜け、交差点の花の脇《わき》をすり抜け、公団マンションへ。

「なに息切らしてんの？　キモいよ」

相変わらず小憎《こにく》たらしいお出迎えありがとう！

小春はいつもながら、俺の部屋の真ん中に占拠《せんきょ》して無防備な格好で横になっている。

「なあ、小春！」

「なによ？　ちょっと近いんですけど？　離れろバカ！」

「おう、離れるぞ！」

「ホント、何なの？　帰って来るなりハイテンションで迫《せま》って来るとか。発情期なんじゃないの？」

「発情期であると認めたら、おっぱい見せてくれるか？」

「見せるわけないでしょ！　このバカゴリラ！」

やはり勢いで「はいどうぞ」とはならなかったか……残念。

「ところで小春。実は今度、明菜の家に行くことになった」

すると小春は一瞬《いっしゅん》驚《おどろ》いた顔をして、それからプイッと逸《そ》らした。

「……へえ。そうなの？　いきなり押《お》し倒《たお》したりとかしちゃダメだからね。あの娘《こ》、繊細《せんさい》なんだから」

「しないに決まってんだろう。俺がそんな野蛮《やばん》な男に見えるか？　信用しろ！」

「数秒前におっぱい見せろと要求してきた人間を信用しろという矛盾《むじゅん》、これ如何《いか》に？」

「おっぱいの嫌《きら》いな男などいない。おっぱいに罪はない。許してやってくれ」

「あんたシレッとおっぱい側に罪をなすりつけたな？」

「美しさは罪、っていうだろ？　それだ」

「それだ、じゃないしっ！」

「なにをっ！　こうなったら小春には一晩かけておっぱいについて語りあかさねばならないようだな！」

「あんた話がすぐ逸脱《いつだつ》するわね」

「おうっ！　そうだった！」

あぶねえ、あぶねえ……。

危《あや》うくまたどうでもいい話をするところだった。

「小春、実は明菜の家に行くことについて、一つ相談がある」

「なに？　着ていく服とか？　普段《ふだん》通りでいいでしょ？」

「そうじゃない。小春も一緒《いっしょ》に行かないか？」

とたんに小春は固まって目を丸くした。

しばしの間を置いて、ようやく、

「……へ？」

と返してきた。

何がなんだかわからない、といった顔である。

「いや、小春が明菜を嫌っていないのなら、って話だ。おまえと明菜の間に何があったのかなんて知らねえ。そもそも、おまえも明菜も、俺の目からは仲良く見えていた。いつの間にかケンカして、しかも顔を合わせづらい状態になってるなんて、思いもしなかった」

「それは……うん」

「理由が何かなんてことは聞かねえ。ただ、おまえが明菜のことを憎《にく》く思ってないってんなら、一緒に行って、そんで仲直りしないかって、そういう話だ」

するとと小春は俺の方を睨《にら》むように見つめる。

そんな目で見るなよ。

なに？　怒《おこ》ってんの？

「あのね悟郎……」

彼女《かのじょ》は強い意志を瞳《ひとみ》に灯《とも》して口を開いた。

「あたし別に明菜を嫌ってるわけじゃないの。顔が合わせづらいだけなの」

「なんで……」

「……それは」

小春と明菜がケンカした理由――。

お互《たが》い譲《ゆず》れないものがあった、というのはわかっている。

何が譲れなかったのか？

小春はほんの少しだけ、気弱な笑顔《えがお》を浮《う》かべると呟《つぶや》くように言った。

「好きな人が一緒だったの」

彼女は膝《ひざ》に置いた自分の指先を見つめる。

「薄々《うすうす》わかってたんだけどね、明菜もそいつのこと好きなんだって。お互い気付いてたけど、言おうとはしなかった。でも引っ越しの時、明菜が言い逃《に》げしようとして……それでケンカになったのよ」

そう言って彼女は笑った。困ったような顔をして。

「ま、全力であたしが吹《ふ》っ掛《か》けたんだけどね、ふざけんなってさぁ」

うつむき加減のその横顔はどこか寂《さび》しそうだった。

「そんなんだから、あたし、明菜とは合わす顔ないのよ。だから今回はパスね」

明るくそう言って手を振ると、小春は俺に背を向けた。

小春はいつだってそうやって本音を隠《かく》そうとする時に俺に背を向ける。

きっとケンカになったのは事実でも、小春はそんな風に理不尽《りふじん》にケンカは吹っ掛けない。

自分が悪いように見せかけようとする。

悪いのはいつだって自分だと。

そうやって外れくじを自分から引きに行く——そういうやさしい小春を俺はよく知っている。

だから俺は自分に出来ることを全力でする。小春が絶対に手放したくないものを、彼女が手放さなくて済むように。

それが俺が小春の近くにいる意味なんだから。

「なあ、小春」

「…………」

「明菜と仲直りしよう。俺、機会を作るからさ。こんどの明菜んちじゃなくて、俺んちに明菜を呼んで、そんで話ししようぜ」

小春は何も答えなかった。

ふと俺は一つ気になる事があったがそれは聞けなかった。

——その時好きだったやつが、今の彼氏なのか、って。

7月21日(月)

やっぱそうなんだよね

明菜が好きなのは、悟郎なんだよね

そんなの知ってた

ずっと知ってたし、それでいいと思ってた

でも、もしそれで二人が一緒になったら……

半分はホントの気持ちで祝福できる

だって悟郎も明菜も、二人とも大好きだから

でももう半分は

うう……

バカだなぁ

もう、ホント……

第9話 一人暮らし

No! No! No chance! I love you!


「うひょ〜〜〜！　……狭《せま》いですねえ」

明菜《あきな》の家に来て開口一番の千夏《ちか》である。

それを言うなよ……。

明菜の家はセキュリティのしっかりとしたワンルームであった。

築年数はそれほど経《た》っていないのか、狭いながらもキレイな部屋だ。

「ごめんね、受験のための安全性が一番って部屋探ししたから……」

「いいよ、いいよ！　でも明菜ちゃん、ここなら男連れ込み放題だねぇ」

「そ、そんなことしないよぉ」

「この部屋で朝チュンですか。捗《はかど》りますなぁ……ねえ、悟郎《ごろう》君」

俺に振るな。コメントしづらい！

するとティッシュがビニール袋《ぶくろ》を掲《かか》げ、

「ところで買ってきた物はどうしよう」

と明菜に問う。さっきお土産《みやげ》にお菓子《かし》と飲み物を買ってきたのだ。

「あ、えっと、比嘉《ひが》……君？」

「ティッシュと呼ぶがいい！」

「……？　なんでティッシュなの？」

「それはこの先っちょに……」

「おまえ、しゃべんなくていいぞ」

「しかしこちらの御令嬢《ごれいじょう》が俺のあだ名の所以《ゆえん》を詳《くわ》しく聞きたがっているが」

「そこまで気になってるわけじゃねぇから」

下ネタの権化たる千夏ならまだしも、明菜はそういうのに耐性《たいせい》がないんだから！

どうやらこの場で明菜を守れるのは俺しかいないようだ。

小春《こはる》よ、おまえの心配、ニアミスながら当たってたぜ！

すると明菜はエプロンを着けながら笑顔で返す。

「じゃあティッシュ君ですね。飲み物は冷蔵庫に。今ご飯作りますんでちょっと待っててくださいね」

するとと千夏がひょっと立ち上がる。

「お、女子力ですなぁ。何作るんですか？」

「簡単なものだよ。カレーとか。もう作っておいたから、温め直すだけだけどね」

「なんか手伝いますか？　それとも揉《も》みますか？」

「なにを揉むの？」

「うへへ……」

揉むのか、千夏……女子同士の戯《たわむ》れ的な流れでその豊満なる神の頂に登ろうというのか？

俺、止めたくない！

「でも、そんなに手伝うことはないんだけど、ご飯だけよそってもらってもいい？」

「ラジャーですよ」

「ところで何を揉むの？」

「いやいや、冗談《じょうだん》ですがな」

冗談だったのか！　クソッ！　俺、期待しちゃってたよ！

「どうしたのだ悟郎。涙《なみだ》なんか流して。ティッシュつかえよ」

ありがとう、ティッシュ。

そんなこんなで、みんなでカレーを食べて、その後はどうでもいい話をしたりしていた。

千夏はすっかり明菜と仲良しのようだし、ティッシュの変態具合もよく明菜に伝わったし、オールオッケイである。

なにぶん、一人で帰ってきて心細かった明菜にとっては、楽しいひとときだったに違《ちが》いない。

するとする千夏がふと思いついたようにこんな質問をした。

「そういえば明菜ちゃんは、こっちに帰ってきて中学の友達とかに連絡したりしないのかい？」

「うん、まだなんだ。引っ越しがバタバタで、いろいろ揃《そろ》えなきゃいけないものがあったりとか、それに編入の手続きも自分でだったから、まだ誰《だれ》にも連絡とってなくて……」

「おおう！　えらいねえ！」

「そんなことないよ。お母さんが付いていこうか、って言ってくれたんだけど、でも忙《いそが》しいところ無理させちゃ悪いし、それに夏休み明けからだから、時間はいっぱいあったし、自分でやってみたかったんだぁ」

どちらかといえば控《ひか》えめなタイプに見える明菜。

だが実際には結構行動派で、いろんなことに首を突っ込みたがる好奇心《こうきしん》もある。

そのへん、変わってないなあと改めて思う。

「そっか、そっか。んじゃ、これから連絡とったりだね。誰か、仲良しとかいるのかい？」

するとと明菜は困ったように笑う。

「えっと……ひとり、仲良しだった娘《こ》がいるんだけど……」

「ほほう、まだその娘とも連絡とってないのですかね？」

「うん……小春ちゃんっていうんだけど」

「……おや、聞いた事がありますぞ」

訳知り顔でニヤリと俺《おれ》を見る千夏。

そりゃそうだ。さんざん相談したんだから。

すると明菜がビックリする。

「え？　小春ちゃん、知ってるの？　杉崎《すぎさき》小春ちゃんだよ」

「ほほう、フルネームはスギサキコハルというのですな………ん？　あれ？　どっかで聞いたことがありますねぇ……杉崎……小春？」

急に考え事をしだす千夏。ってか、聞いたことあるわけないだろう。

だって、おまえ俺たちの中学ってこの辺の学区外だからな。

すると明菜は明るい顔になって言った。

「でもこうして千夏ちゃんやティッシュ君とも友達になれたし、そんなに急がなくても大《だい》丈夫《じょうぶ》かなって思うんだけどね」

「そうだよねぇ、悟郎君もいるからねぇ……ムフフ」

「ちょ、千夏ちゃん！」

なんだ、俺がどうした？

「いえいえ、悟郎君という頼もしい友達がいるのだから、心配はないよねぇって話ですよ。他に深い意味はないですから、あしからず」

別の意味合いがあり気な事をにおわすのである。

「まあ、馴《な》れない一人暮らしだろうから、なんかあったら言ってくれ。俺でもなにがしか出来るだろうし」

「いいね！　悟郎君！　それでこそ男だよ！」

「おう、ありがとう」

「そんなわけで悟郎君。さっそくだけど、この未開封《みかいふう》のパイプベッドを組み立ててあげてはどうかね？」

そこには段ボール箱に入ったまま、まだ手を付けられていないパイプベッドがあった。

すると明菜が急いで首を振る。

「いいよ、そんな！　わるいよ。後でやるから」

「ほほう、後でやると言って、引《ひ》っ越《こ》し後、最初に組み立てるべき寝床《ねどこ》が未開封なのは、なんでなんだぜ？」

「そ、それは……」

　こういう組み立てものが苦手な明菜である。

　後回しになって放置されている、といった所だろう。

「よし、じゃあ、やるか。ティッシュ、手伝ってくれ」

「うむ」

「ちょっと、悟郎ちゃん、そんな、いいよ」

「気にすんな。これくらいはすぐできる」

　と言って開封《かいふう》して設計図を見る。

　それほど難しくもない。

　さては千夏のやつ、この現状を聞いていて、俺とティッシュをさそったな……。

　そんなわけで、ガンガン組み立てていく。

　ちょっと時間はかかるが、難しい物ではなさそうだ。

　半ばまで出来上がったちょうどその時、千夏がふと声を上げた。

「あ、悟郎君！　今何時？」

「ええっと……」

腕時計《うでどけい》を見ようとして止まっていることをいまさら思い出し、スマホで確認。

「六時半だな。どうした？」

「ティッシュ君、キミ、もう帰らないといけないのではないのかね？」

「アア、ソウダッタ！」

おいティッシュ、なんで棒読みなのだ？

「ではでは、私はついでにティッシュ君を駅に送って来るよ！　悟郎君は責任をもってベッドを作ってくれたまえ！」

「お、おう」

「そして、ごゆっくり……フフフ。では！」

と言ってティッシュと千夏は荷物を纏《まと》め、嵐《あらし》の如《ごと》く去っていってしまった。

一瞬《いっしゅん》の出来事である。

いったい何だっていうんだ。

明菜の方に目を移すと彼女は、何故《なぜ》だか顔を真っ赤にして、

「……もう、千夏ちゃん」

と呟く。なんかあったのかい？

「とりあえず、完成させてから帰るから、心配すんな」

「う、うん。あ、ありがとう」

なんで緊張《きんちょう》してんの？

あっ！　そうか！　なんだかんだ小心者の明菜が男と二人っきりの状況《じょうきょう》。

なにされるのかわからんという不安から、恐怖《きょうふ》に怯《おび》える——とか、そんなところか！

これはいかん！

明菜を不安にさせてはならないぞ！

俺は明菜に向かい、彼女を安心させようと、

「心配するな、明菜、俺は……！」

いかーん！　意識したら、急におっぱいにばかり目が行ってしまう！

おっぱい見ながら、俺は紳士《しんし》だ安心してくれ、なんて言っても説得力がねぇ！

ってか、明菜はなんでこんな日に限って胸元《むなもと》の開いている服を着てやがるんだ。

い、いかんぞ！　絵面はラブコメっぽいけど、頭の中はいかがわしいぞ、俺！

とにかく、ここは明菜を見ずに鉄パイプに集中！

「ど、どうしたの？　悟郎ちゃん？」

心配して回り込んで来た明菜がうかがうように屈《かが》むわけでありまして、そこから覗《のぞ》く魔《ま》の谷間には深淵《しんえん》が……。

おお……なんということだ、男子高校生よ！

マンガとかの男子高校生のあの紳士さとはいったいどこから来やがるんだ！

なんで全裸《ぜんら》の女子にダイブして平静を保ってられんだ！

これしきの誘惑にすら、俺は前かがみになるってのに！

「ハァハァ、し、心配するな明菜……ハァハァ……俺は……平常運転だ」

「息荒《あら》いよ！　具合悪いの？　横になる？」

それはいけない！　少なくとも仰向《あおむ》けと俯《うつぶ》せはご遠慮《えんりょ》願うよ！

「ちょっと休んだ方がいいよ。そこに座布団《ざぶとん》敷くから、立てる？」

もう勃《た》ってるんだよ！

「大丈夫だ、立たずともそこまで行ける」

俺はシャクトリムシの姿勢で匍匐《ほふく》前進。座布団まで到着《とうちゃく》。外見には完全に重病人の体《てい》である。

そしてこちらの最大の異変を気取られぬように横向きに丸くなるのだ。

「そ、そんなに苦しいの、悟郎ちゃん？」

俺の脇に座《すわ》る明菜の太ももが目の前にあり、視線上方にはたわわがある。

これはもう、ダメなんじゃないだろうか？

欲望に負けず耐《た》えてる俺、褒《ほ》めてあげたいよね。

「すまんな明菜。こんな状態になってしまうとは思ってもみなかった」

「大丈夫そう？」

「ああ、むしろ元気過ぎるのが問題なわけで」

「⁇」

「うん、これは言っても仕方ないので、あまり深く追及しないのがポイントだ」

「そ、そう？　わかった」

「なんか、すまないな」

俺は横になったままの体勢で詫《わ》びをいれた。

「どうしたの、急に？」

「いやよく考えたら、一人暮らしの女の子の家に男が一人いるのでは外聞が悪いだろう。それに親が心配するだろうし……」

「大丈夫だよ、悟郎ちゃんは、お父さんもお母さんも知ってるし。むしろ悟郎ちゃんに来てもらいなさいって言われてたくらいだし」

まあ、何かと便利だろうし、変な虫が付きにくくはなるだろう。

「親御《おやご》さんに信頼《しんらい》されているのはありがたいけど、一応俺も男だからな」

まさに今俺の中の男が男していて男なわけなのだから。

「そうだね。あんまり悟郎ちゃんに頼《たよ》ると小春ちゃんにも叱《しか》られちゃうし」

そこまで言って明菜はハッとして口を押《お》さえた。

なんか不味《まず》いことでも言ったような顔をする。別に不味くもなんともないぞ。むしろあいつ自身が推奨《すいしょう》しているんだから。

とはいえだ。その小春について、明菜には話しておきたかった。

「ごめんね悟郎ちゃん、今のはなんでもないから」

「うん、わかった。でもその小春のことで明菜にちょっと確かめておきたいことがあるんだけど、いいか？」

すると明菜が、ごくりと唾《つば》を呑《の》んだ。

そう、昨日小春から聞いたあのこと――。

「うん、なぁに？」

「明菜はさ、小春のこと、どう思ってる？」

静かに息をする音が聞こえてきそうだった。

緊張がこちらまで伝わって来る。

幾何《いくばく》かの沈黙《ちんもく》を経《へ》て、

「……あのね、小春ちゃんと私がケンカしちゃったことは知ってるよね」

「ああ」

「それが何でか、悟郎ちゃんは知ってる？」

俺はどう言っていいのかわからず頭をがりがりとかいた。

「まあ……その、うっすらとだが小春からは聞いた」

「それって……小春ちゃんと同じ人を私が好きになった、って話？」

そう言った明菜の瞳は真剣《しんけん》で、それでいてどこか艶《なま》めかしかった。

俺は思わず視線を逸《そ》らして、それから小さく頷《うなず》いた。

すると明菜は短く息を吐《は》く。

そして懐《なつ》かしい遠い昔を思い出すように、目を細め頬《ほお》を染めた。

「でもね、私はその人のことも好きだったけど、小春ちゃんのことも好き。だから、二人が幸せになってくれたら、って思ってた。たぶん、私がその人に告白しても、ダメだってことも知ってた。でもね、このまま胸の中にずっと秘《ひ》めて片思いを続けるのも苦しかったの。だから渡米《とべい》する前に、その人に思いを告げようって、思って……そのことを、先に小春ちゃんに伝えたの」

それがケンカの原因、なのだろうか？

それがきっかけで、二人は今でも顔を合わせるのを憚《はばか》る程《ほど》になってしまったのだろうか。

「小春ちゃん、怒ったんだ。フラれるつもりで告白なんてするなって。告白するなら、手に入れるつもりでしろって。だから、渡米する前じゃなくて、帰ってきてからするべきだって。そっちの方が成功するかもしれないって。でもね、私は小春ちゃんとその人にしあわせになってもらいたいの。ごめんね……なんかめちゃくちゃだよね」

「そんなことはねえよ」

ほらみろ小春。やっぱり嘘《うそ》じゃないか。自分だけを、わがままな悪者にしようったってそうはいかねえぞ。明菜が破れかぶれな恋《こい》をしようとしているのを止めただけじゃねえか。

それも自分のライバルなのに。

「ごめんね、悟郎ちゃん。こんな話して」

「いや、聞かせてくれてありがとう。最後に一つ、いいか？」

「……うん」

彼女は覚悟《かくご》したように身を強張《こわば》らせ、そして真直《まっす》ぐに俺を見つめる。

「明菜は小春と仲直りしたいか？」

その言葉に彼女は唇《くちびる》を噛《か》んだ。

そして再び俺の顔を見た明菜は目に涙を浮かべ、そして小さく微笑《ほほえ》んだ。

「…………うん！」

はっきりと、鼻声でそう答えた。

だとしたら、俺のすべきことは決まっている。

「わかった。小春と仲直りしよう」

「え？」

「小春だって明菜を嫌ってるわけじゃねえ。それくらい俺にだってわかる。あいつだって
ちゃんと明菜が好きだ。唯一無二《ゆいいつむに》の親友だと思ってる。口では絶対に言わねえけどな」

そう、あいつはいつだって素直《すなお》じゃないんだ。

口で言うのが恥《は》ずかしくて恥ずかしくて仕方がない奴《やつ》なのだ。

「きっと仲直りできる機会を作るからさ。ちょっと待っててくれよ」

すると明菜がくすりと笑う。

「うん、ありがとう、悟郎ちゃん」

「おう、任せておけ」

そう言うと明菜はすっきりしたように息を吐いた。

「はぁ～あ、やっぱ悟郎ちゃんは小春ちゃんのことなんでもわかってるんだね」

そんなことはないぞ。

ってか、最近はわからないことばかりなのだが……。
まあ、それでもいいさ。
小春と明菜——この二人、絶対に仲直りさせてやるぜ！

8月11日(月)

悟郎は今日、明菜に呼ばれてるらしい

別にいい！

ぜんぜん、気にしてないから！

──というのはさすがにウソだなあ

明菜、この前のこと気にしてるだろうし

どうしよう！どうしよう！

いろいろ気になる！

あれ？

今、悟郎の声が聞こえた気がするけど、

帰ってきたのかな？

ちょっと早すぎじゃない？

だって、今、出てったばっかだったのに……

どうしよう……聞きに行こうかなあ……

どっちにしてもへこむ事になるよなあ

うあああヤダヤダ！

自分勝手なあたしが一番ヤダ！

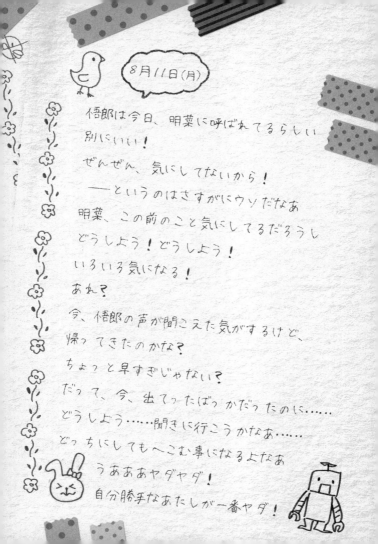

第10話
三者面談

※※※

悟郎《ごろう》ちゃんと小春《こはる》ちゃんに初めてであったのは、小学校四年生の時だ。

親の仕事で転勤を繰《く》り返《かえ》す日々。

『次の所には長くいられるからな』

という言葉に期待もしたけど、同時に不安も大きかった。

だってそこでうまく友達が出来なかったら、もう逃げ場《ば》がないのだから。

今までの小学校でもうまく友達は出来ず、そのまま引っ越し。その度《たび》に、よかったと胸を撫《な》で下《お》ろす。転勤の多い親に救われていたのは実は私の方だった。

だから今度の所でも友達が出来なかったら、もう、逃げることは当面できない。

そんな不安に駆《か》られながら、私の初登校の日を迎《むか》えた。

結果は自分の想像通りだった。元々内気で自分から話しかけられない性格の私に、声をかける生徒は少なかった。仮に声をかけてくれても、単なる新入生への興味と、先生からお願いされて仲良くしてあげる、という体《てい》の人ばかり。そういう人たちが離《はな》れていくのはあっという間だった。

結局私はクラスで孤立《こりつ》してしまったのだ。

そんな私が住んでいた公団マンションでよく見かける二人がいた。

男の子と女の子の二人はいつも一緒《いっしょ》にいた。兄妹《きょうだい》とかなのかな、と思っていたけど、どうやら同学年なのだと気が付いたのは学校の廊下《ろうか》ですれ違ったからだった。

二人はいつも口喧嘩《くちげんか》をしていて、おおよそ仲が良さそうという感じではなかった。

正直、怖《こわ》いな……と思って出来る限り近づかないようにしていた。

そんな二人と公団マンションの廊下でたまたま遭遇《そうぐう》してしまった。

今日も相変わらず口喧嘩をしている。怖い……。

でも、いきなり引き返すのもおかしいし、このまますれ違って事なきを得よう。

そう考えていた私に、男の子が声をかけてきた。

「あれ？　あんた同じ学校だよな？　廊下で見たことある」

ビクッと肩《かた》を震《ふる》わせて、私はそのまま立ちすくんでしまう。

すると女の子の方も気が付いたように手を打つ。

「ホントだ。同じコウダンだったんだね。何組？　名前は？」

「一気に質問すんなよ、困ってんじゃん」

「はぁ？　なに言ってんの？　そんな一気に質問してないじゃん」

「おまえは思いやりの心が足りないんだな。俺は知ってる」

「うっさいわね。でもどうせ、あんた一人じゃ、まともに質問もできずに狼狽《うろた》えて終わりでしょ？　プークスクス」

「んなワケねえだろ！　いいか、その世界では『女と話させたら右に出る者なし』と言われた俺だぞ？」

「どこの世界よ！　来世？　来世に期待する感じ？」

二人は勝手に口喧嘩を始めてしまったりして、でもどちらかというと漫才《まんざい》のような掛け合《あ》いのように息が合っていた。だから聞いていているうちにおかしくなってしまって噴《ふ》き出《だ》す。

すると二人は目を丸くした。

それからだった。二人と学校の行き来を一緒にするようになったのは。

もちろんその二人が悟郎ちゃんと小春ちゃんだ。二人と登校するようになって、学校へ行くのが楽しくなった。

次の年のクラス替《が》えの時は一緒になれるように、神社までお願いにいった。その祈《いの》りが通じたのか、五年生からは悟郎ちゃんと一緒のクラスになれた。でも残念ながら小春ちゃんとは別々。それでも学校への行き来は三人でいつも一緒だった。

楽しくて、楽しくて、本当に幸せな時間だった。

でもいつごろからだろうか……。

小春ちゃんは悟郎ちゃんのことが好きなんだって気付いたのは。

気付いてすぐに私は、二人が一緒になったらいいなと思った。お似合いの二人だし、そんな二人をずっと見ていたいと思っている私もいた。

でもそれと同時に、ひどく胸が痛んだ。

どうしてなのかずっとわからなかった。二人の幸せを心の底から願いながら、なぜか私はいつも苦しくってどうしようもない気持ちになった。

なんだかわからなくて、うまく言葉にもできないから、相談もできない。何より誰も心配させたくないから私はそれを黙《だま》っていた。いつも笑顔《えがお》で、明るくしていた。実際、誰もそんな私の変化には気付かなかった。むしろ前より明るくなった、と言われたくらいだもの。

このままでいい。いつかこの胸の痛みは治まる。

そう思っていたある日、悟郎ちゃんが声をかけてきた。

いつもと変わらぬ、何気ない様子で。

「なあ、明菜《あきな》。おまえ最近苦しそうだけど、大丈夫か？　悩《なや》み事《ごと》でもあんの？」

どうしてだろう。私は次の瞬間《しゅんかん》、ぼろぼろに泣きだしていた。

悟郎ちゃんは当然、大慌《おおあわ》てだった。それはそうだ。だって、何気なくかけた言葉で、それまでニコニコしていた娘《こ》が泣きだしたんだもの。

「お、おい！　明菜、ごめん！　なんか俺、無神経なこと言った？」

私は精一杯《せいいっぱい》、首を横にふる。

「……違うの。そうじゃないの……」

悟郎ちゃんが私のことをちゃんと見ていてくれたのがうれしくて。だからこれは悲しくて泣いているんじゃない。そう伝えたかったけど、今まで我慢《がまん》していた涙の量は相当だったらしくて……私は泣き止《なや》むまでかなり時間を要した。

それで、やっとわかった。

なんでこんなに胸が痛いのか。

私は——悟郎ちゃんが好きなんだ。

※※※※

「ヤダ！　絶対、会わない！　会わないから！」

さてどうしたものか……。

小春は断固として、明菜と会いたがらないのである。

何がそんなに嫌《いや》なの？　そもそも小春は明菜を嫌《きら》っている訳ではない。そんなの見てりゃわかる。小春が吐《つ》く簡単なウソくらいならすぐわかる。

ケンカした理由も聞いた。

それでもさ、もう仲直りしてもいいんじゃないかと思うのは、俺が浅はかだからか？

「なあ、たとえばだぞ」

「なによ？」

「たとえば、明菜がどうしても会いたいって小春を訪《たず》ねてきたらどうだ？」

すると彼女《かのじょ》は困ったように腕《うで》を組んで目を逸《そ》らす。

「……会っても仕方ないし」

「仕方ないってことはないだろう？」

その言葉に小春は少し気色《けしき》ばんだように言い返した。

「仕方ないよ！　今のあたしに明菜にできることは何もないの！　だってあたし、明菜と話せないし！」

一気にそこまで言った小春は、ハッとすると急に肩を竦《すく》める。

それはまるで自分の言ったことを悔《く》いるかのように映った。

「……ごめん、今のは忘れて」

そう言われてもとても俺には忘れられそうにない。

だってこんな小春の顔を見て、放っておくことなんて出来ねえって思ったからだ。

なんか俺に出来ることはないか——そう考えちまう。

その日、小春とはそれ以上会話もなく、彼女は帰っていった。

小春が帰った後も、俺はずっとさっきの言葉を考え続けていた。

何もするなって言ってるんだから、その通りにすればいいに決まってる。

そう思ってもなんか落ち着かなくて目がさえてくる。

あいつは明菜と話せないと言っていた。

それはつまり話す勇気がないってことだろ。

嫌いじゃないのに、過去の諍《いさか》いひとつで話せなくなるほど気まずくなっちまうもんなんだろうか？

たとえば、俺だったらどうだ？

小春に告白して、その後避《さ》けられるようになったら、やっぱ話す勇気は持てなくなっちまうだろう。

きっとあの時、小春が避けずに会いに来てくれなかったら、ずっとお互《たが》い何も話せない気まずい関係になっていたと思う。

そう考えたら、いてもたってもいられない気持ちになった。

だから俺はちょっと荒療治《あらりょうじ》かと思ったけど、ある手段に出ることにした。

夜中だったが明菜のスマホに電話をかける。

「もしもし、明菜」

『なに、悟郎ちゃん？』

「あのさ、前に言ってたことなんだけど……」

それだけで彼女は俺の言わんとすることを察したらしく、電話の向こうから緊張感が伝わってきた。

「今度の休みに、俺んちに来てくれないかな？」

『……うん、わかった』

「それと、小春はどうしても会いたくないってダダこねててさ」

『そう……なんだ』

「たぶん、怖いんだと思う。俺にはそういうふうに見えた」

『うん、私も怖いもの。一緒だと思う。でも、私、小春ちゃんと話して、それでもう一度仲直りしたい。だから悟郎ちゃん、ありがとう。よろしくお願いします』

彼女がこんなにはっきりと自分の意志を示したのを俺は初めて聞いたかもしれない。

それはちょっと驚《おどろ》きでもあったし、何よりうれしい気持ちもあった。

「おう、わかった。んじゃ、今週の日曜」

『うん』

そういったわけで、準備は整った。

小春にバレたら、あいつは逃《に》げ出すかもしれない。

だから可哀想《かわいそう》だが、黙っておくことにする。

そうして日曜日——いつも通り、小春は俺の部屋でごろごろしている。

約束の時間のちょっと前に、俺はコンビニへ行くと言って家を出た。

明菜を迎えに行くのだ。

まあ、もともと同じ公団マンションに住んでいたんだから迷うとは思わないが、それでも久しぶりだし一応な。

「あ、悟郎ちゃん」

駅の前でうっすら汗《あせ》をかいている明菜を見つける。

今日もうだるほど暑い。彼女を連れて商店街を抜《ぬ》けて、大通りの交差点の花の脇《わき》を過ぎて、三差路を曲がって、俺の住む公団住宅へ。

隣《となり》を歩く明菜にも明らかに緊張が見て取れた。

なんかここでうまいジョークで緊張をほぐしてやりたいところだが、なんも出てこねーのである。無念だ。

そうして俺と明菜は、公団住宅まで何の障害もなく到着。

むしろ問題はここからだ。

「ねえ悟郎ちゃん」

「なんだ？」

「あのさ、たぶん、私がいきなり部屋に入ったら、小春ちゃん驚いちゃうと思うんだよね」

「ああ。そうだな」

「それでね………」

そう言って明菜はある作戦を俺に耳打ちした。

なるほど、それなら小春も話してくれるかもしれない。

「わかった。それで行こう」

俺は了承《りょうしょう》して、自分の家へと入っていく。

「ただいまー」

そう言ってそのまま俺の部屋のドアを開けた。

相変わらず涼《すず》し気《げ》で、だらしない格好の小春が真ん中でごろんとしている。

「遅《おそ》かったわね。コンビニ行くくらいで何分かかって……――」

言いかけた小春が黙った。

俺の真剣な顔を見て、悟《さと》ったのだろう。

なかなか勘《かん》がいい。

「もしかして……」

「ああ。今、そこにいる」

そう、明菜は今、部屋の前に待機してもらっている。

いきなり入ってきたら、小春が大混乱して暴れる猫《ねこ》のごとく部屋を引っ掻《か》き回《まわ》すに違《ちが》いないからだ。

その時、ドアの外から明菜の声が聞こえた。

「ごめんね、小春ちゃん。突然《とつぜん》来ちゃって。驚くよね」

それを聞いて小春は忍者《にんじゃ》のような身軽さで飛び起きた。

そして俺を涙目《なみだめ》で睨《にら》む。

「悟郎のバカ！　どうして……どうして⁉」

「そりゃ、前から言ってんだろ？　おまえと明菜が話ができる場を作るって」

「……そう……だけど……でも」

するとまた部屋の外から明菜の声が聞こえた。

「あのね小春ちゃん……私もね、まだ面と向かって話す勇気がないから……でも――それでも小春ちゃんとは話したいの。ほんのちょぴっとでもいい。小春ちゃんとお話がしたい」

その言葉に小春は唇を噛んで俯《うつむ》いた。

その顔にはありありと小春の気持ちが浮《う》かんでいた。

『会いたい』という気持ちと、そして『会えない』という気持ち。

人間の心ってやつの複雑さを知った思いだ。

だってそれはどっちも小春の本音なのだろうから。

だから俺《おれ》は小春にこう言ってやるしかない。

「なあ、今日は少し話すだけでもいいじゃないか。ちょっとずつでいいんだ。全部今日解決しようなんて考えなくていい」

すると小春は困ったように小さく笑った。

「……そう、だね」

うん、それでいい。

とにかく、このまますれ違い続けるより、ほんのちょっとでも歩み寄れればそれでいいんだ。

俺が小春の近くまで行くと、彼女は小声で、

「あのね、『久しぶり』って伝えて」

おまえ……俺越《ご》しに話をするつもりか？

部屋の内と外でもハードル高いの？

う～ん……仕方ねえ。俺が伝えるしかないか。

俺は小春の言葉を、ドアの向こうにいる明菜に伝える。

すると明菜の声が返ってきた。

「うん！　小春ちゃん、久しぶりだね？」

その声はこころなしかうれしそうな響《ひび》きがある。

「いろいろ……いろいろ話したいことはあったんだけどね、でもそれはまた今度にするね。それよりも……あのさ、小春ちゃん。実は聞きたいことが一つあるんだ」

すると小春はビクッと肩を揺《ゆ》らした。

「小春ちゃんに彼氏《かれし》ができたって、この前聞いたんだ」

その言葉に、小春が硬直《こうちょく》している。

「だから私てっきり……」

明菜の言葉に反応するように、小春が俺の方をチラッと見る。

うんうん、まあ俺は小春に告ったけど、残念ながら俺じゃないのだ。

「でもさ、本当は小春ちゃん、彼氏なんて出来てないんだよね？」

な、なんですって？　思わず俺は小春の顔を見る。すると彼女は、狼狽《うろた》えながらも、

「い、いるから！　彼氏、いるから。明菜にそう言って」

と言ってくる。その様子は、どう考えてもウソをついている時の顔だった。

前に小春が俺に彼氏がいるって言った時は、俺に背を向けていたからわからなかった。

けど、今ならわかる。こいつはウソをついている。小春にはそんな相手、いないのだ。

それでも俺はウソとわかっていながら、一応明菜にその内容を伝えた。

すると彼女はしばし逡巡《しゅんじゅん》するような間が空いた。それからおもむろに――。

「――あのね、小春ちゃん」

そう口にした明菜の口調は先ほどまでとは違っていた。

強い意志のようなものが垣間見《かいまみ》えた。

「前にさ、小春ちゃん、告白するなら帰国してから言えって言ったよね？　言いたいこと言って逃げるんじゃなくて、奪《うば》い取《と》るつもりで告白しろってさ」

その言葉に小春は足元を見つめ、唇を噛む。

「だからね、私帰ってきた。それで……それでちゃんと本人に伝えるから」

部屋のノブがガチャッと音を立てた。

「いいよね、小春ちゃん？　私、今度こそ、好きって言っていいよね？」

小春はやはり何も言わない。

「小春ちゃん、私は自分の気持ちを伝えに来たの。あの時できなかった約束を、今果たしに来たの。それだけ……」

ドアがゆっくりと開き、決意を秘めた顔の明菜が姿を現す。

「………え？」

だがそんな明菜の顔は部屋の中に入った瞬間、驚愕《きょうがく》へと色を変える。

「……ねえ、悟郎ちゃん」

明菜が俺に目を向け、震える声でこう言った。

「……小春ちゃんはどこ？」

彼女の疑問の意味がわからず、隣にいる小春に目を向けると――って、いねえっ！

あいつ、いつの間にか姿をくらましやがったのである。

「え、ちょ、待って！　さっきまでここにいたんだ」

俺は急いでベランダに躍《おど》り出《で》る。

だって逃げ出すなら、ここしかないはずだからだ。

でも、ベランダにも小春はいない。仕切り板をぶち破って、隣の自分ちに逃げ込んだのかと思ったが、破られた形跡《けいせき》はなし。

まさかと思うが、ベランダからベランダへ曲芸師みたいにアクロバットかましたとか？

「ねえ、悟郎ちゃん……小春ちゃん、ここにいたんだよね？」

「ああ、さっきまでいたんだが……」

「でも私……小春ちゃんの声、聞いてない」

「それは小春が自分で話すのを嫌がって俺が代わりに……」

「なんで？」

「なんでって言われても……小春がそう言うから」

「その小春ちゃんは、どこにいるの？」

「いやだから……逃げちまいやがった」

ったく、しょうがねえやつだ。

明菜だって勇気振《ふ》り絞《しぼ》ってきたってのに、どうして逃げちまうかねえ。

俺はなんとかごまかそうと明菜を見る。

しかし明菜は悲しそうな顔で首を横に振った。

「そんなの……無理でしょ？」

どうして？

「私が廊下にいたのに……部屋の中の小春ちゃんが出て行けるわけないじゃない」

そうなのか？

そういうものなのか？

でも、なんか他に方法とかあるんじゃないか。

たとえば……。

そう考えたけど何も思《おも》い浮かばなかった。

「ほら、あいつちっちゃいからさ、どっか潜《もぐ》り込んだとか」

おどけながらそう言って、ベッドの下を覗《のぞ》き込む。

けど明菜は俺の顔をジッと見つめ、困惑気《こんわくげ》にただこう言った。

「悟郎ちゃん……どうしたの？　おかしいよ……」

おかしい？

小春じゃなくて俺が？

どうして？

目の前で今にも泣きだしそうな明菜に、俺は言葉を失ってしまった。

頭の中が痺《しび》れるようにぼんやりとしていた。

8月13日(水)

明菜は結局、悟郎に気持ちを
伝えなかったんだ……
明菜にはしあわせになってほしい
でも悟郎を取られるのはヤダ
うまくいかないのだ
ぜんぜん、うまくいかないのだ
あーあ、中学生ってなんで
こんなに不器用にできてんだろ

第11話

秘密の秘密

No! No!
No chance!
I love you!

「やぁ、大貫君《おおぬきくん》。急に呼んで悪かったね」

今日も今日とてカッコよさげなポーズでパイプ椅子《いす》に腰《こし》を掛《か》けて俺を出迎《でむか》える、わが校の生徒会長・倉町真冬先輩《くらまちまふゆせんぱい》。

俺、ちょっと取り込んでんですけど……。

「なんですか？　雑務あるんなら、ちゃっちゃとやりましょう」

「いや、今日の雑務は生徒会室ではないんだ。ちょっと外へ出よう」

「え、外ですか？」

「ああ。校外に出る。なので本日は流れ解散になる予定だから、忘れ物のないよう」

「俺は大丈夫《だいじょうぶ》ですけど……」

「ならいい」

そう言って真冬先輩は、左目に嵌《は》められた眼帯を外した。

外された左目は傷を負っている訳でもなければ、色違《いろちが》いのオッドアイでもないし、なにがしかの能力が発動している様子もない。当然である。

「ボクはちょっと隠《かく》された事実を開放しなければならないのでね。本来の姿に戻《もど》らせてもらうよ」

彼女の本来の姿は、そうしていれば誰《だれ》もが見とれるほど美しかった。

勿体《もったい》ないとも思うが本人がそうしたいのだ。そうするべきである。

ただ隠された真実はなんだ？　いつもだったら、真冬先輩の厨二病《ちゆうにびよう》発言と受け取っていたけれど、なんだかそんなおちゃらけた雰囲気《ふんいき》ではない。

そのただならぬ真冬先輩の空気に気おされてしまって、俺は何も言えずに彼女の後を追った。真冬先輩と俺は学校を出て、駅まで行くと、そのまま改札を通る。そして乗り込んだ電車は俺の住む駅の方角だった。

まだ帰宅ラッシュの時間までちょっとあるせいか、車両の中は空いていた。

「そういえば、比嘉《ひが》君と大庭《おおば》君が今日は休んでいるらしいね」

そう千夏《ちか》とティッシュは学校に来ていなかった。

「ええ。一応連絡《れんらく》してみたんですけど、返信はきてません」

「……そうか」

ゴトゴト電車は揺れる。

「大貫君、ボクは以前君に言ったね？　一人を救って百人が犠牲《ぎせい》になるのと、一人を見捨てて百人を救うのだったら、ボクは後者を迷わず選ぶと」

「ええ、言ってましたね」

「それが人を率いる者の責任なんだ。君はそれを残酷《ざんこく》だと思うかい？」

「……まあ。全員救う道を選ぶことはできないのか、って思います」

すると真冬先輩は辛《つら》そうに微笑《ほほえ》んだ。

「全部を救う方法はいつだって考えているさ。でも、そうはいかない瞬間がやって来る。その時のボクはやっぱり残酷になるさ」

そんな話をしているうちに、駅へと着き真冬先輩が立ち上がる。

そこはいつも俺が降りる駅だった。改札を出ると商店街がある。夕飯の買い出しの時間なのだろう、そこそこに込んでいるが歩きづらいほどではない。

「ねえ、大貫君。この駅からボクらの学校のある駅までは四十五分かかる。それ以外にも君の家と駅、そして駅から学校までの徒歩を考えると優に一時間を超《こ》しているんじゃないかい？」

「まあ、そうですけど」

「どうしてそんな遠い学校に君は通っているか、考えたことはあるかな？」

それは――と言いかけて、その後がまったく思いつかなかった。

なんで俺はあんな遠い学校を選んだんだ？

特別な進学校でも何でもない普通《ふつう》の高校だ。別に家の近くでも同じ条件の学校はいくらでもある。

どうしてあの学校を選んだことすら、思い出せない。

「まあ、いい。行こう」

真冬先輩が歩き出し俺はその後に続く。

商店街の真ん中にある時計店で、先輩は足を止めると中へと入っていった。

ここは以前、小春《こはる》と来た事があった。たしか今年の誕生日前にあいつに連れられてきたのだ。あの頃《ころ》はまだ寒くて、この店で暖を取りながら時計を見た覚えがある。

「この時計屋に何の用なんですか？」

「いやね、大貫君の時計が壊《こわ》れているみたいだから、修理をすべきと思ってね」

そう言われて、俺は腕時計《うでどけい》の文字盤《もじばん》を見た。

針は動いていない。

「あれ、止まっちゃってる……」

そういえば、時計が止まってたんだ。すっかり忘れてた。

「気付いてたなら早く言ってくださいよ……いつから動いてなかったんだろ……」

「君が入学した時には動いてなかったよ」

またまた御冗談《ごじょうだん》を……と言いかけて俺はその言葉を呑《の》んだ。

真冬先輩に冗談を言える雰囲気がなかったからである。

彼女は俺の所まで来ると、

「これ、修理しないのかい？」

と時計の嵌《は》められている俺の手を取った。思わず俺はそれを振り払《はら》ってしまう。

「いや……このままでいいです」

「どうして？」

どうしてなのかわからないけど、修理しちゃいけない、と本能的に思った。

しばし真冬先輩と見つめ合うように対峙《たいじ》した。

彼女は溜息《ためいき》を吐《つ》くと、店を後にした。

「じゃあ、次の所へ行こう」

なんだか心の奥底《おくそこ》が不安に満ちてきた。

なんだろう、この言い知れぬ感覚は……。どうして俺はこんなにも不安になっているのだろうか？

そうして真冬先輩が向かったのは俺が通っていた中学だった。

懐《なつ》かしいと思うほど前ではない。校庭では放課後の部活動が行われているのだろう。

元気なかけ声が聞こえてくる。

「ここがどうしたんですか？」

「ここそのものには、特に用事はないよ。さあ、先へ行こう」

そう言うと再び真冬先輩が歩き出す。その道は俺が、そして小春もよく知る道だった。

三年間歩き続けた中学校への通学路だ。

そうして、ある三差路で真冬先輩は足を止めた。

「ここを左に行くと、君の住む公団マンションがあるね」

「ええ……そうですが……」

「そしてここを右に曲がると、駅に戻る事が出来る。つまり現在の君の通学路だ」

まさにその通りだ。どうして真冬先輩がそんなことを知っているのだろうか？

「じゃあ、大貫君、行こうか」

そう言って先輩は右の道へと足を向けた。歩きながら真冬先輩は口を開く。

「比嘉君と大庭君が休みの理由——実は君に気を使ってのことなんだ」

それとなく、といった口調の彼女。その言葉に俺は怪訝《けげん》な思いが胸中に湧《わ》いた。

「俺に……？　なんでですか？」

だってこの前、明菜《あきな》の家《うち》に行った時は全然平気そうだったし……。

「彼女たちは、あるニュース記事を読んでね。それで君にどんな顔をして会っていいのかわからなくなったそうだ。今はちょっと前のニュースも検索《けんさく》ワードさえ入れればすぐに見られるからね」

何のニュースを見たというのだろうか？

「比嘉久礼人《くれと》君、そして大庭千夏君から情報はすぐに周りに伝わる。隠しても隠しきれないだろうからね。そして彼女たちの落とした波紋《はもん》はすぐにクラス内、そして全校に広がる。ボクはそれをどうにかしなければならない――そう考えて、君に真実を伝える事にした」

「……なんですか……真実って？」

彼女は足を止め振り向《む》いた。

その目は酷《ひど》く冷たく、それでいて熱く滾《たぎ》っているかのようだった。

「君が知りたくはない事実だよ。だから、それを知った後、もし激情に駆《か》られたらボクを恨《うら》むといい。全《すべ》てはボクの責任だ」

「なんですか……俺が知りたくない事実って」

「君が生徒会に入った理由さ。君はある特殊《とくしゅ》な状態でこの学校に入ってきた。かなり難しい状態であったから、教員たちがボクにその世話を投げたんだよ。自分たちの手には余る、と思ったんだろうね」

何の話か全く分からなかった。

どうしてこんな話をしているのか見当がつかない。

その渦中《かちゅう》に俺がいるという実感もわかない。

「でもね、ボクはボクなりにどうにかできるという自負もあったんだ。でも周りの環境《かんきょう》がそうはさせてくれなかった。もう少し時間が必要かと思っていたんだけどね……まあ、それはいい。到着《とうちゃく》したよ」

真冬先輩が足を止めたのは、俺の通学路の十字路だった。

信号待ちが長くて、いつもイライラさせられる。

電車を一本逃《のが》すかどうかはこの信号待ちにかかっている。

でもそれが何だって言うんだ？

ここが真冬先輩が今日俺を連れ歩いた理由？

何のために？

真冬先輩はその一角に立ち止まりそこに目を落とすと、膝《ひざ》を抱《かか》えるように腰を下ろした。

そこには花が手向《たむ》けてあった。

まだ新しい花。

既《すで》に古くなりかかった花。

様々な花が手向けてある。

毎日目にしていたはずだ。

そこで真冬先輩は手を合わせると目を閉じて黙祷《もくとう》した。

なんだか頭が痛くて胸の奥《おく》がムカムカする。

なんなんだ？　いったい真冬先輩は俺に……。

「大貫君、君はもうわかっているはずだ」

「なにがっすか⁉　俺、全然わかりませんよ！」

「繋《つな》がらないだけだよ。既《すで》にピースは揃《そろ》えられている。あとは君がそれを繋ぎ合《あ》わせればいい。それほど難しいことではない」

彼女は伏《ふ》せるように花に目を落とす。

「――けど、辛《つら》い作業だ。君が思い出《だ》した上で、否定するのならそれでも構わない。どちらにしても、まず、君がその記憶《きおく》を完成させる事だ。でなければ、今の君を目の当《ま》たり《あ》にする大庭君や比嘉君たちが苦しむ事になる」

なんであいつらが苦しむんだ？　俺はなにを思い出せばいいんだ？

先輩は尚《なお》も続ける。

「ボクは多くを救う道をとる。でも……出来る事なら、君にも救われて欲《ほ》しいと思っている。……これはむしろ願いかな。叶《かな》うかどうかもわからない願いだ」

彼女はそう言って立ち上がった。

こんな道の端《はし》に供えられている花の理由は誰だって見当がつく。

この場所で何があったのか、誰にだって一目瞭然《いちもくりょうぜん》だ。

だとして先輩は俺に何が言いたいんだ？

ピースは揃《そろ》ってる？　あとは繋ぐだけ？

それを俺にしろってのか？

彼女は俺を真直《まっす》ぐに見つめると静かにこう言った。

「ボクに付き合わせて悪かったね」

その目はあまりに冷たすぎる輝《かがや》きを持っていた。まるで突《つ》き放《はな》すような——まるで誰かを殺してきたような……そんな冷たさ。

「今日はこれで解散だ。これ以上は話す事がない。君に必要なのはあとは時間だ。認識《にんしき》するための時間。その上でこの事実を教えたボクを恨むなら生徒会室においで。君になら何をされても甘《あま》んじて受け入れよう。ボクが君にしたのはそれくらいの事だ」

そう言って彼女は踵《きびす》を返し歩き出した。その後を俺は追うこともできない。遠ざかっていく真冬先輩の背をただ見つめている事しか出来なかった。俺の視界から真冬先輩が消えて、それからどれくらいそうしていたのだろう？　我に返ったという感覚はなかった。まだ夢の中にいるような気持ちで、俺はゆっくりと歩きだしていた。どこかに向かっている、という感覚はなかった。ただ足が勝手に歩きだしていた。それは歩きなれた通学路。足は俺の住む公団マンションへと向かっている。なんてことはない。いつもの通学路。わかり切った道を歩く時はいつだって無意識で、他のことを考えているじゃないか。帰ったら小春となにを話そうとか、今日はおもしろいことがあったから小春に教えてやろうとか。そんなどうでもいいことを考えながら歩くんだ。なんだ、いつものことじゃないか。意識する必要はない。なのになんだろう？どうして胸の奥の方から、何かがせり上がって来るような感覚があるんだろう？　いつも通り、このまま、家に帰ればいい。そしていつも通り小春が家にいて、それでどうでもいいような文句を投げつけてくるのだ。それで俺は、それに憎《にく》まれ口《ぐち》を返す。すると小春は頬《ほお》を膨《ふく》らませたり、眉《まゆ》を吊《つ》り上《あ》げたり、それから笑ったりするのだ。いつものことじゃないか。いつもと変わらないじゃないか。いったい真冬先輩は何が言いたかったってんだ？君にならば何をされても甘んじて受けよう？なかなかパンチの効いたセリフじゃないか。厨二病全開の真冬先輩らしいセリフだ。しかもあんな真《しん》剣《けん》な顔してそんなセリフ言うもんだから、笑ったらいいのか怒《おこ》った方がいいのか悩《なや》むじゃないか。そもそも真冬先輩は、時々冗談なのか、本気なのかよくわからないことを平然と言う。言葉のやりとりで、俺を煙《けむ》に巻《ま》いて行く。なかなか悪趣味《あくしゅみ》だが、俺は嫌《きら》いじゃないんだ。だってさ、なんだかんだ真冬先輩はやさしいって思うから。あの人の厨二病全開の言葉の数々も、痛い設定とかも、それに実現できるわけもない野望も、全部含《ふく》めて嫌いじゃなかった。むしろ好きと言ってもいいな。でも……どうして最後の最後——俺に背を向ける瞬間《しゅんかん》に泣きそうになってたんだろう？　泣くようなところはあったか？　いやないだろ。だって時計のことも、中学の通学路も、ましてや十字路に供えられた花も、全部が全部、俺にはまったく関係ないんだからさ。遠くの学校に行く理由？　なんかあったと思うけど、そのうち思い出すだろう。たしかに遠い学校には中学時代のクラスメイトが一人もいなくって、ちょっと心細かったのはたしかだ。それでも、今の学校のクラスメイトはみんな仲良しで、いいやつらで、すげぇ楽しいって思ってる。あの学校に行ってよかったって思ってる。それを選んだ理由は……やっぱ思い出せない。なんでだろう？　なんで……何かが引っかかっている。たった一つ——たった一つの事実がはまれば、後はこの全てが繋がる、そんな気がする。じゃあ、その事実ってなんだよ？　俺が忘れているって先輩は言っていた。何を忘れているんだろう。皆目《かいもく》見当もつかない……——。そうこうするうちにマンションのエレベーターの前までやって来る。そのまま俺の住む階のボタンを押《お》す。廊下《ろうか》に出て、そのまま自分の住む部屋を目指す。だけど、俺んちの前には、どうした事か明菜が立っていた。彼女《かのじょ》は俺を見つけると急に泣きそうな顔になる。だけど彼女はそれを我慢《がまん》するように笑顔《えがお》を浮かべた。

「悟郎《ごろう》ちゃん、おかえり」

俺は「ああ」とか呻《うめ》くように声を出したような気がする。

「あのね、昨日、あの後、私……電話で小春ちゃんのお母さんと話したんだ」

なにを？　と唇《くちびる》が動いたが声にはならなかった。

「いろいろ教えてもらった」

彼女は俺の目を見ない。

「高校受験のこととか、悟郎ちゃんのとこによく行っていたこととか、新しい高校の制服買いに行ったこととか……」

顔を上げない。

「もっとはやく連絡すればよかった……」

唇を噛《か》む。

「もっと早く知ってれば……私……」

きつく、血が出そうなほど。

「ねえ……悟郎ちゃん」

その声はまるで泣いているように濁《にご》った。

双眸《そうぼう》からぽろぽろと涙が零《こぼ》れ落《お》ち、声を上げる。

どうした、明菜。なんかあったのか？　――口にしようとしても、声にならない。

おいおい、どうしたってんだよ。

何があったって言うんだよ。

「――どうして気付いてないの？　ねえ、どうして！」

何を気付かないって？

今日に限ってみんな変なことばかり言う。

なあ明菜、おまえもそうなのか？

まさかこの期《ご》に及《およ》んで、おまえまでよくわからないことを言い出すのか？

俺は彼女の口から出る言葉を待っていた。

できれば聞きたくないという気持ちと一緒《いっしょ》に。

そして彼女は、その言葉を口にした。

たぶん、俺が最も聞きたくなかった言葉。

俺が——ずっと受け止められなかった事実。
「小春ちゃんは……もう……死んでるんだよ」

心の折れる音を聞いた事があるだろうか？
嵐《あらし》の日の根っこから割《さ》ける倒木《とうぼく》の音？
それとも繊細《せんさい》なガラス細工が砕《くだ》け散《ち》る音？
さてさて、どんな音だろうか？
俺はこれからそれを聞く事になるのかもしれない。
だけどいつまで経《た》っても、その音が耳朶《じだ》に響くことはなかった。
何も聞こえてこないんだ。
静かだった。
世界は時を止めたように、どこまでも静寂《せいじゃく》で、静々と無音が降り積もる。
知ってるかい？　人の心が折れる時の音。
なんにも聞こえないんだ。自分の呼吸も心臓の音も聞こえない。
本当に耳が痛くなるほどの静けさがそこにあるだけなんだ。

1月26日(木)

明日は悟郎の誕生日なのだ！

へっへー！

実はもう何を買うか決めてるのだ

今から悟郎のおどろく顔が楽しみすぎて眠れない！

だって、もうすぐ高校生なわけだしね！

ちょっと大人っぽいものをあげたっていいじゃん

……でも、気合入りすぎて逆に引くかな？

付き合ってるわけじゃないんだし……

いやいや、弱気になるな杉崎小春！

別に告るわけじゃないんだから！

でも……よろこんでくれたら、

うれしいかな

第12話 Be here now

No! No! No chance! I love you!


悟郎《ごろう》と過ごした時間はあたしのすべてだった。

本当に言葉の通り、すべてなんだ。だって、生まれてからずっと、あいつと二人で過ごしてきたんだから。

だからこの先もずっと一緒だと思っていた。

高校も大学も成人式も、それから一緒に年を取って、おじちゃんおばちゃんになって、それでも一緒にいるんだと思っていた。

それくらいに当たり前にいるもので、離《はな》れるなんてこれっぽっちも考えたことはなかったんだ。

だってどんなことがあっても、悟郎はあたしと一緒にいてくれたから――。

でもね、それが兄弟姉妹のそれではないって気付いたのは小学校の時だった。

あたしは悟郎に恋《こい》をしたのだ。

――きっかけは本当に些《さ》細《さい》なこと……。

クラスの男の子が、あたしの日記帳を取ってみんなのまえで読み上げようとしたのだ。

誰かに見せるために書いている物じゃない。

あたしは必死になって取りかえそうとしたけど……でもダメだった。

そこへ悟郎が来たんだ。

あいつが怒ったのを見たのは後にも先にもあの時だけだ。

悟郎は男の子を殴《なぐ》りつけると、あたしの日記帳を取りかえして、それでみんなが聞いている前で大声でこう言ったんだ。

「俺《おれ》の小春《こはる》に手出すんじゃねえ！」

どういうつもりだったのかわからない。

わからなかったけど──その日はずっと頭の中が悟郎のことでいっぱいだった。

なんにも考えられなかったし、みんなからは冷やかされた。

恥《は》ずかしくって恥ずかしくって恥ずかしくって……うれしかった。

自分が恋をしたんだって、はっきりとわかった。

だから明菜《あきな》が転校してきて、仲良くなって、そしてほどなく彼女が悟郎に好意を寄せていることがわかった時は衝撃《しょうげき》だった。

だって悟郎と一緒にいるのが当たり前だと思ってたのに、それが当たり前じゃなくなったんだから。

もしかしたら悟郎には、明菜と一緒になる未来があるのかもしれない。

そう思った瞬間にあたしの心の中に浮《う》かんだのは、「ヤダッ」という子供じみた思いだった。だってヤダッたんだもの。

悟郎を連れて行かれちゃうのも、それに明菜が泣くかもしれないのも。

二人とも好きだから、どうしようもなかったんだ。

だから明菜が転校するって時に、悟郎に思いを伝えたいとあたしに打ち明けたのにも反対した。だって、明菜はフラれるつもりだったんだもの。

思いだけ伝えて、その恋を終わらせようとしていたんだから。

そしたら明菜はきっと泣くんだろう。一つの恋が終わったと涙《なみだ》を流すんだろう。そうは問屋がおろすかっての！

それであたしが悟郎とくっつけばハッピーエンド？

んなわけないじゃん！

あんたが好きになった男は、世界でいちばんなんだから！

だから明菜が帰って来るまで、あたしは絶対に悟郎には告白しないつもりだった。

だけど、そううまくはいかなかった。

それは中学三年の冬のことだった。

一月の寒い日に、あたしは悟郎をさそって商店街の時計店へ行ったんだ。

前から悟郎が腕《うで》時計を欲しがっていたのは知っていた。

だから悟郎の誕生日には、買ってプレゼントしてあげてもいいかな、ってくらいには考えてた。

でも腕にちょうどの大きさがわからない。だから店員さんにお願いして、悟郎の手首の太さをはかるために、この時計店に連れてきた。試着したりしながら、店員さんがぴったりのサイズを調べるってわけ。

あたしにしては結構な名案だと思ったよ。

悟郎があれやこれやと、面白《おもしろ》がって試着してくれたおかげで、ちょうどの大きさもわかった。そんで、誕生日当日に、その時計屋さんに取りに行くことにしたんだ。

いつも通り学校が終わって、一緒に帰る途中《とちゅう》、三差路まで来てあたしは悟郎に言った。

「あのさ、あたしちょっと商店街に寄ってから帰るんだけど」

「ん？　買い物か？　一緒に行くか？」

「はぁ？　ついてくんなっつーの！」

「んだよ！　せっかく荷物くらい持ってやろうと思ったのに」

「いいの！　女の子の買い物なの！」

「……生理用品？」

「あんた一生モテ期は来ないわ。断言しておくわ。んじゃ、また後で」

いつもの悪態をつきあって、あたしは悟郎を置いて三差路を右に折れる。

ちょっと悟郎が怪《あや》しむ目をしていたが、まあ大丈夫《だいじょうぶ》。大きな十字路の交差点を渡《わた》り商店街の時計店までやってきた。

そこでお願いしていた時計を受け取り店を出ると、雪が降りだしていた。

「ありゃあ……どうしよう」

ちょっと時間を潰《つぶ》したら止《や》むかな？　と思って喫茶店《きっさてん》に入ってみたけど、むしろ雪は強まる一方。

仕方ないと覚悟《かくご》を決めて、あたしは来た道を引き返した。

ちょうど大きな交差点まで戻ってきて信号待ちをしながら、あたしは瞠目《どうもく》した。

だって横断歩道の向こう側にいたのは、悟郎だったのだから。

「……あいつ」

差している傘《かさ》とは別にもう一本持っている。

雪が強くなってきたから、わざわざ迎《むか》えに来てくれたのだ。

あたしはなんだかこそばゆいような嬉《うれ》しいような気持ちになって、急いでプレゼントの箱を後ろに隠した。

どうやらあっちもあたしに気が付いたらしく、手を振《ふ》って来る。

あたしはとりあえずうなずき返して、口もとをへの字にして、当然でしょ、って顔をした。

だってそうしなけりゃ顔がゆるんでしまうから。

信号が青になった。

あたしは小走りに横断歩道を渡ろうとする――。

それがあたしの生きている時の最後の記憶になった。

最後のあたしはたぶん、笑ってたと思う……。

何が起こったのかを知ったのは、少し後のことだった。

結果から言うと、雪道でスリップした乗用車が、あたしに突っ込んだんだそうだ。

次の記憶は病院の廊下だった。

事故に遭《あ》ってから、すぐに病院に運び込まれたんだろう。通報してくれたのはたぶん悟郎だ。廊下には無言で床《ゆか》を見つめるお父さんと、涙を流し続けるお母さんがいた。

そして悟郎が無表情のまま座《すわ》っている。

それでようやくあたしは、『今あたしが死んだんだ』ってわかった。

どれくらいみんながそうしていたのだろうか？

お父さんが、悟郎に何かを渡していた。

それは、あいつの誕生日に渡そうとしていたプレゼントの時計の箱だった。

事故に遭ったせいで箱は潰れ、泥《どろ》に汚《よご》れていた。

悟郎はその箱を開こうとはしない。


それからあたしのお葬式《そうしき》があって、四十九日法要あって、でも悟郎はそのどれにも出てこなかった。

あたしはいつも悟郎の部屋に行って、彼《かれ》を見ていた。

悟郎は抜《ぬ》け殻《がら》みたいになっちゃって、見ているこっちが胸を締《し》め付《つ》けられるようだった。

『ねえ、あたしはここにいるよ』

声をかけたけど、彼には届かない。

幾度《いくど》も話しかけた。

悟郎の隣《となり》にいつも座っていた。

四月から通う予定の女子高の制服を見せたかった。

まだビニールを破かないまま部屋に吊る下がっているそれを見て私はそう願った。

思った時には私はセーラー服を着ていた。

嬉しくって、急いで悟郎に見せに行ったけど、でも——やっぱり彼には気付いてもらえなかった。

このまま、自分は消えていくのかな……そんな思いが募《つの》った。

悟郎の両親は、近くの高校に通う予定であったものを、高校側とも協議して遠くにある公立高校に編入させることにしたらしい。そこには中学時代の友達は誰もいない。

つらいことを思い出させる人は一人も。

それでも悟郎は立ち上がることもできないほど衰弱《すいじゃく》していった。

見ているのが辛くて、悔《くや》しくて、涙が零れた。

あたしに出来ることはなにか必死で考えた。

悟郎が元に戻ってくれる方法——ううん、そうじゃない。元に戻れるわけはない。だってあたしはもう死んじゃってるんだから。悟郎を取り巻く環境がすでに違《ちが》うんだから。

だから悟郎が前に進めるために、進んで行くために、あたしが出来ること。

必死で考えた……けど、彼にはあたしは見えないし、触《ふ》れることも出来ない。

何も出来ることがない――と唇を噛んだ。
その日、悟郎の身体《からだ》は限界を迎え、そして病院へと担《かつ》ぎ込まれた。
命に別状はなかったけど、悟郎はそこから丸一日、点滴《てんてき》をうけながら眠り続け、そして
ようやく目が覚めると、開口一番にこう言った。
「おう、小春。見舞《みま》いに来てくれたのか？」
あたしを見ていた。
真直ぐにあたしの目を見て、彼はそう言って微笑んだ。
涙が止まらなくて、泣《な》き崩《くず》れてしまった。
だから毎日病院に行って悟郎とたくさん話をした。
すごくうれしくって、夢中になっていた。
もしかしたら、あたしはまだ生きているんじゃないかと錯覚《さっかく》した。
でもやっぱりそうじゃなかった。あたしが見えるのは悟郎だけ。
そしてその悟郎には、あたしが死んでいるという事実がなかったことになっていた。
そのことに気付いて、あたしは暗い気持ちになった。
このままではいけないんだ――そう思いながら、どうしていいのかもわからなかった。
それでも悟郎は元気になった。壊れた時計を腕にはめ高校に通い、そこでの生活を謳歌《おうか》

している。

こんな日が続くんだ。そう思っていた。

でも――ある日、悟郎から告白された。

好きだと言われた。嬉しかった――けど、それはダメだとすぐにわかった。

何故《なぜ》なら、あたしは本当はここに居ないんだから。

悟郎が年をとっていっても、あたしはきっとこのまま。

そして悟郎が死んだ人間と一緒にいると、いつか誰《だれ》かに気付かれる。

そう遠くない未来に。

それが社会的にどれほど致命傷《ちめいしょう》か考えなくたってわかる。

だから、あたしじゃダメなんだ。悟郎が誰か他の人を好きになって、その人のために生きていかなけりゃ。

そう思った時、あたしはこ、、の恋の終、、わ、、ら、、せ方がわかった。

……いや、本当はとっくに気付いていた。

でも一緒にいるのが楽しくて、幸せで、その事実を頭のどこかへ追いやっていた。

だけどこのままじゃいけない。

終わらせなければならない。

それはごくごく単純なこと——。
悟郎から、ある言葉を口にしてもらえばいい。
ただそれだけで自分はこの世界から消えることができる。
だからあたしは嘘《うそ》を吐《つ》いた。
一世一代の嘘を。
——いや、無理だから。
あたしは嘘が苦手だ。どんなに隠《かく》してもすぐにバレてしまう。
出来ることなら……願いがかなうなら、ずっとこうしていたい。
悟郎と一緒にいたい。
でもそれはきっと無理なんだ。
終わりの日はいつだって自分が想像したよりも早くやって来るものなんだ。

※※※

小春の部屋は、以前とかわらずそのままになっていた。
小さな机と、きれいなベッド。

本棚《ほんだな》には高校受験の参考書と一緒にぬいぐるみが置いてあり、机の棚《たな》には大学ノートが何冊も並んでいた。

中学時代、なんども訪《おとず》れたかわいらしい部屋。

「悟郎君……気にしないでゆっくりして行って」

すこしやつれた印象のある小春の母さんは、うすく笑《え》みを浮かべると部屋を出て行った。

俺はぼんやりと、小春の部屋に立《た》ち尽《つ》くす。

ふと、机の棚にあるノートが目に留まった。

その一冊を手に取ってみる。

彼女の日記だった。

小春は毎日毎日、その日にあったことを日記につけていた。

最初の日記はかわいらしいキャラクターもののノート。

たぶん、小学一年生の時からつけ始めたんだろう。

『ウソついちゃった……

すぐにバレた……のかな?

う～ん、ごろうはあれでなかなかするどい』

ああ、これは俺のカステラを勝手に一人で食っちゃった時のことだろう。
食べてない、って言い張る小春の目がずっと泳いでたっけ。
すぐにわかったけど、その様子がかわいくて俺はニヤニヤしていたんだ。
まだひらがなを習いたてで、それでも丁寧《ていねい》に短い日記が毎日つづられている。
だからだろうか。小学二年生の頃《ころ》にはかなりきれいな字を書いている。
そういえば、このノートだったな。
小春がクラスの男子に取られたノートは。
ゆっくりと読み進めていく。
何でもないこと、特別なこと。いろんなことが余すことなく記されている。
明菜が転校してきた日。
クラス替《が》えで別々になった日——。

『悟郎のクラスおもしろそうだなあ
うらやましい
あたしもあっちのがよかった……——』

『悟郎のクラスに行ってきた！

あ～～！

明菜め！　うらやましい――――』

小五の時は俺と明菜が一緒のクラスになって、小春とは別々になっちゃったんだよな。

しょっちゅう小春はうちのクラスに来てたっけ。

このくらいの頃から急に小春は大人び始めた気がする。

見た目とかじゃなくて、なんていうか、考え方がしっかりしてきたって感じがした。

だから俺は置いてかれないように、必死になったっけ。

マセたことを無理やり口にして……そうそう、小春に「デートしようぜ」って言ってめっちゃ怒られたこともあった。

そうそう、この日だ。

『な、なんで悟郎はあーいうこと言うかなあ！

ダメに決まってんじゃん！

ダメ！　ダメダメダメ！――』


でもこの後くらいからかな。

よく小春とあちこち出かけるようになったのは。

小学生だから、あんまお金がかかるようなところには行けなかったけど、一緒に電車に乗って隣の町に行ってみたり、それから自転車で行ったことのない公園まで行ったり。

ああ、そうだ、これこれ。


『悟郎と出かける事になった！

やったー！

これはもう実質デートだよね――』


俺もデートかなって思ってドキドキしてた。

けど、口には出せなかったよ。

おふざけでは言えても、二人きりの時にそんなこと口にしたら、意識しちゃうって思ってたからさ。

何を買うわけじゃないけど、お店とかを覗《のぞ》いたりしたんだっけ。

そういう日は小春はちょっとおしゃれをするんだ。

俺はうまい褒め言葉が見つかんなくて、テンパってたっけ。

んで、それを見た小春がゲラゲラ笑うんだ。

それから……これは……。

『正直、明菜の気持ちは知ってる
そりゃ気付くよ！
あんなわかりやすいんだもん
どうして悟郎が気付かないのか、ホントわかんない――』

おまえしか見えてなかったんだよ。

十二歳のガキは、周りの事なんか全然見えないくらいに、一人にぞっこんになっちまうもんなんだ。

そこから先は、やっぱり明菜との事が多く書いてあった。

中学に入って、彼女が転校する夏休みまで、彼女と小春と、そして俺の事。

『やっぱそうなんだよね
明菜が好きなのは、悟郎なんだよね
そんなの知ってた
ずっと知ってたし、それでいいと思ってた』

『悟郎は今日、明菜に呼ばれてるらしい
別にいい！
ぜんぜん、気にしてないから！』

『しまった……逃《に》げちゃった……
いや、でも逃げるつもりじゃなかったんだよ
むぅ……明菜め……
言いたいことばっか言って……――』

『明菜は結局、悟郎に気持ちを伝えなかったんだ……

明菜にはしあわせになってほしい
でも悟郎を取られるのはヤダ――』

二人がケンカしたのはこの辺りなんだな。

中一の、明菜が転校する直前あたり。

やっぱ悩んでんじゃん、小春。

平気な顔して、自分が悪いかのようなこと言って。

そうして一ページ一ページ、丁寧に読み進めていった彼女の日記は、どれも俺がよく知ることばかりだった。

どれもしっかり覚えている。

小春の日記のほとんどが、俺と小春で体験したことばかりだったから。

だからこうしてページを捲《めく》るたびに、その日に見たもの、感じたにおい、体験した思い出が色鮮《いろあざ》やかによみがえってきた。

小春は俺の人生そのものだった。

たぶん、こうやって、ずっと一緒にいるのだと思っていた。

ずっとずっと――年を重ねていくのだと……。

日記の最後は、俺の誕生日の前日で終わっていた。

『明日は悟郎の誕生日なのだ！
へっへー！
実はもう何を買うか決めてるのだ
今から悟郎のおどろく顔が楽しみすぎて眠れない！
だって、もうすぐ高校生なわけだしね！
ちょっと大人っぽいものをあげたっていいじゃん――』

ああ、そうだ。
この日――俺が誕生日を迎えた日。
小春はこの世界からいなくなった。
俺はただ、その事実が受け止められなかったのだ。
小春といつまでも一緒にいる――そう思っていたから。
でも、もう小春はいない。
いまようやくわかった。

小春はもう死んでいるのだと。
小春は――この世にはいないのだと……。
ずっとわかっていたのに――俺は受け止めることができなかったんだ。
それは受け止めなければいけない、現実なんだ……。

※※※

それはあたしの、ながいながいラブレターだった。
あたしと悟郎が一緒に歩んできた日々の記録。
彼はあたしの部屋でその紙面に目を落とし、最後のページを前に動かなくなった。
あたしは彼の後ろに立って、くちびるを噛む。
知ってほしくなかった。
知られたくなかった。
でも、いつか知らせねばならなかった。
今、彼の前にいる自分が何者なのか。
ずっと考えていたんだ。

自分がシシャであるとわかってからずっと。

悟郎がしあわせになってくれる最高の結末を。

でも考えても考えても、あたしにはそんな素敵《すてき》な終わり方を見つけることができなかった。

自分が悟郎の前から消えることも考えたけど、それはできなかった。

あたしという存在をこの世界につなぎ留めているのは悟郎で、その彼から離れることはできない。だからいつだってあたしは悟郎の近くにいた。一度、学校で見つかってしまったこともあった。

杉崎《すぎさき》小春という人生は大貫《おおぬき》悟郎とずっと一緒だったのだなと初めて理解した。

でもこのままずっと一緒にいることはできない。

なぜなら彼は生きているから――そしてあたしは死んでいるのだから。

だからあたしは、意を決して彼の前に歩み出る。

『……悟郎』

彼はあたしの声に反応して、その首を上げこちらを見る。

そして確認《かくにん》するようにあたしの頬《ほお》に触れようとする。

でも、その手はあたしに触れることなく、空を掴《つか》んだだけだった。

もうわかったでしょ?

あたしたちは、永遠に結ばれることのできない存在。

この世界で一番大好きな人。誰よりも大切な人。

でも、おわかれしなければいけない人。

あたしは君のしあわせだけを願っているの。悟郎、君がいろんなことを乗り越《のこ》えて、たくさんたくさん生きて、それで……いつか君に会えることを。

それはずっと遠い未来のことでいい。

おじいちゃんになった悟郎の横で、どんな人生だったのかゆっくり聞かせてくればいい。

だから――。

『お願いがあるの』

「……」

『ひとことだけ――あたしにお別れの言葉を言って』

そう、悟郎がひとこと「さようなら」と言ってくれればあたしはこの世界から消える。

もっとはやく伝えなきゃいけなかった。

あたしは悟郎と一緒《いっしょ》にいられるのが楽しくて嬉しくて、今になるまでその事実をつたえられずにいた。
大好きな人と一緒にいられることに、甘《あま》えてしまったんだ。
でも今ならわかる。あたしがすべきことをはっきりと知っている。
シシャが望むのは、生きる者のしあわせ――。
『ねえ……悟郎……』
泣いちゃダメだ。泣いちゃダメなんだ。
彼の目に映る最後の姿くらい、笑っていたい。
でも目から零《こぼ》れ落《お》ちる涙がぽろぽろ頬をつたった。
しあわせだった。
悟郎と一緒にいられた時間がすべてだった。
悟郎に好きって言ってもらって……しあわせだったよ。
蝉《せみ》しぐれに間に間に嗚咽《おえつ》が混じった。
零れ落ちる涙は、頬を離れると空気に消える。
夏の日差しが身体を透過《とうか》して板の間にキラキラと照り返す。
『悟郎、だいすきでした』
彼は大きく息を吸う。

そしてまっすぐにあたしの瞳《ひとみ》を見つめた。

彼の口がゆっくりと動く。

「——よかった」

……え？

耳を疑った。

その言葉を発した彼は——笑っていた。満面の笑みを湛《たた》えて、あたしを見ていた。

どうして……どうしてそんな顔をするの……？

「小春と両想《りょうおも》いで、本当によかった」

言葉が出ない。

「いいよ、小春が何者でも。一緒にいられるのなら構わない」

胸の奥《おく》がキリリと痛みを訴《うった》える。

あたし……あたし、死んでるんだよ。

そう言いたいのに、あたしの言葉は形を成さない。

「小春が何者でも構わない。ずっと一緒にいてくれよ。触れられなくてもいい。抱《だ》きしめる事が出来なくてもいい。小春がここに居てくれる。それだけでいい。その小春と両想いならなんにもいらない」

待って……。

「ずっとずっと一緒にいよう。俺、がんばるからさ」

待って……。

「そうだ、今度はちゃんとデートしよう。練習じゃなくてさ、本当のデート。それに明菜とだって話せるじゃないか。間には俺が入るからさ。そんで今度こそ仲直りしようぜ」──

……待ってよ！

「千夏《ちか》やティッシュは……さすがに驚《おどろ》いちまうか。話しても信じちゃくれないかもしれないな。きっと周りの人間のほとんどは、俺が幻《まぼろし》を見てるんだとか、頭がおかしくなったとか思うだろうから、あんま他言しちゃいけねえよな。真冬先輩《まふゆせんぱい》なんか端《はな》から俺が幻覚《げんかく》見てると思ってたんだぜ──ははっ。大丈夫、俺と小春、それから明菜、三人の秘密にしとこう！」

おねがい……悟郎……まってよ……。

言葉にならない。背筋が凍《こご》え、指が震《ふる》えた。

彼の瞳はまるでガラス玉のようにキラキラと光っていた。

そのガラス玉の中に、あたしの顔が映しだされる。その顔は──驚愕《きょうがく》でも絶望でもない、暗い海にゆっくり引《ひ》き摺《ず》りこまれるような色をしていた。でもその顔もすぐに自分の涙に滲《にじ》んで消える。あたしの瞳が目の前にいる大事な人を見ることができなくなった日、あたしたちの新しい恋《こい》が始まった。

それは——生きる者と、死んだ者の長い長い恋の始まりと終わりだった。

《第一巻　了》

未読のあなた様へのあとがき

このたびは「あんたなんかと付き合えるわけないじゃん！　ムリ！　ムリ！　大好き！」をお買い上げいただきまことにありがとうございます！

内堀優一《うちぼりゆういち》でございます！

本編を前に、あとがきから読まれる方も多いと聞きますので、このページはまだ本編を読んでおられない方に向けたネタバレのない安心安全のあとがきとなってございます。

今回のお話は、学園ラブ・コメディ☆でございます。

大好きな幼なじみに告白した悟郎《ごろう》と、かたくなに首を縦に振ってくれない幼なじみ小春《こはる》、そしてそれを取り巻く学園の友人や女の子たちを交えた、ド直球正統派ラブコメを書こうと尽力《じんりょく》させていただきました。

そう言った意味合いで今回のお話には、すごく権力のある生徒会や風紀委員も出てきませんし、特殊技能が必修科目の学校でもありません。

当然ながら主人公は異能に目覚めもしませんし、クラスメイトにエルフもドワーフもオークも姫騎士もおりません。

何でもない幼なじみ同士の恋の行方を追っていくコメディでございます。

そういった意味で、外連味《けれんみ》を排斥《はいせき》してストレートにラブコメのみで勝負しよう、というのは中々どうして大変なもので、こうしてみなさまの手に渡るまでに二年以上の年月を要してしまいました。

どうぞ、こころ行くまで学園ラブコメを楽しんでいただければ幸いでございます。


さて、この次のページには読了後のためのあとがきがございます。

このあとがきには、本編の内容にかかわるネタバレがホンのちょぴっと含まれております。

本編未読のお客様に於かれましては、読了後にお目通しいただくことを強くお勧めする次第でございます。

いや、ホントに、マジで。

よろしいですか？

いいですね？

既読のあなた様へのあとがきの後のあとがき

…………あらためまして。

このたびは「あんたなんかと付き合えるわけないじゃん！　ムリ！　ムリ！　大好き！」をご購入いただきまことにありがとうございます。内堀優一でございます。

今回のお話は……読了後のあなた様には語らずとも、もうおわかりでございますね。

はい、このような叙述《じょじゅつ》を扱った形式の学園ラブコメとなってございます。

当初、担当さんとこの形式をお話した段階で、お互い作るべき物語の方向性を明確に共有いたしておりました。そのため、お手元に渡ったこの小説が完成に至るまでに十二回もの大修正がございました。うち第九稿までは全書き直し。それというのも前記の通り、どういう作品を作るのか明確であったため、『この企画は妥協点《だきょうてん》を作らずにまいりましょう』、という意思疎通があったからにほかありません。

またこの物語はライトノベルとしては、珍しい方向性を取らせていただきました。

それは物語が終わりに向かって書かれているということでございます。ライトノベルの定義——などと大それたお話ではございませんが、このジャンルは構造的に続きを執筆することを前提とした奥行きと広がりの可能性を提示し、巻数が進むごとに世界はどんどん広がっていく構成をするのが多数となっております。しかし当物語は、最初から終わりに向かってスタートしてございます。この物語は終わるために始まっているのでございます。どうか大貫悟郎《おおぬきごろう》の恋の始まりと終わりまで、お付き合いいただければ幸いでございます。

さてここからは謝辞《しゃじ》を。

度重なる修正に根気よく最後までお付き合いくださいました担当編集者の中川様、素晴らしいイラストで物語を彩《いろど》ってくださいました希望《のぞみ》つばめ様、いろいろといつもお手伝いくださる松木《まつき》君、そして編集部のみなさま、出版流通にかかわるすべてのみな様に心より御礼申し上げます。

そして何よりもこの本を手に取ってくださったみなさまに、心よりの感謝を。

この物語が、しかるべきラストを迎えられるよう、見守りいただければ幸いでございます。

二〇一七年八月吉日　内堀優

HJ文庫 http://www.hobbyjapan.co.jp/hjbunko/
723

あんたなんかと付き合えるわけないじゃん！ムリ！ムリ！大好き！

2017年9月1日　初版発行

著者――内堀優一

発行者―松下大介
発行所―株式会社ホビージャパン

〒151-0053
東京都渋谷区代々木2-15-8
電話　03(5304)7604（編集）
　　　03(5304)9112（営業）

印刷所――大日本印刷株式会社

装丁――AFTERGLOW／株式会社エストール

Printed in Japan

ISBN978-4-7986-1520-2　C0193

ラブコメ圏外

著者／内堀優一
イラスト／かわいそうな子

普通の高校生になる方法
＝ラブコメを発生させること!?

普通の高校生に憧れる井口銀次朗は、同じクラスの間宮久奈に隠された“とある秘密”を知ってしまう。同時に、自分の秘密を知られてしまった銀次朗は、久奈と共に普通の高校生になるための方法を模索。そうして辿り着いた答えは——ラブコメを発生させることだった!?